Nouvelles d'un monde cruel

Bibliographie abrégée

Le mémorial des anges oubliés, Michel de Maule (2020).
Le péché du roi David, Michel de Maule (2018).
Quatre saisons avec Roberto Alagna, Le Rocher (2017).
La reine de l'Orient, Zénobie, Pygmalion (2014).
Reines de légende, Pygmalion (2013).
Daniel encore un jour, Salvator (2013).
La route de la soie d'Alexandre à Marco Polo, Le Rocher (2008).
Les plus belles histoires d'amour de la Bible, Presses de la Renaissance (2006).
La Grande Pâque russe, Le Rocher (2004).
Alexandra, avec Vladimir Volkoff, Albin Michel (1994), Le Rocher (2003).
Ève, Presses de la Renaissance (2002).
Anne de Kiev, Presses de la Renaissance (2002).
Messaline, Pygmalion (2002).
Cléopâtre, Pygmalion (2000).
La reine de Saba, Pygmalion (1999).
Néfertiti, Pygmalion (1999).
Marie-Madeleine, Pygmalion (1998).
Rodolphe II de Habsbourg, l'empereur des alchimistes, JC Lattès (1996).
La métisse, Albin Michel (1996).
Les Falaises de Ravello, Albin Michel (1991).
Charlotte Corday, Albin Michel (1989).
Les jupons de la Révolution, JC Lattès (1989).
Lambert ou l'effet Compton, JC Lattès (1988).
Ciel rebelle, Maren Sell (1987).
Le cœur de la nuit, JC Lattès (1986).
Le hussard blond, Laffont, (1985).
L'Exil est ma patrie, entretiens avec V. Volkoff, Le Centurion, (1982).
Le soleil des loups, Stock (1981).
Les blanches années, Stock (1980.)
La fleur et l'oiseau, GP Rouge et Or (1979).
Rocaïdour, Julliard (1977).
Le gardien de la mémoire, Julliard (1973).

Jacqueline Dauxois

Nouvelles d'un monde cruel

Michel de Maule

À ceux qui m'ont gardée vivante après la trahison qui a failli me tuer: Roberto Alagna, Françoise Bergier, Patrick Besson, Patrice Cahart, Alexis Chryssostalis, Sophie Pirlot de Corbion, Thierry de la Croix, Alain Sautet, Ludovic Tézier.

micheldemaule.com

« Il y a plus de choses sur la terre et dans le ciel,
Horatio, que dans toute votre philosophie. »
Shakespeare, Hamlet

Trahison !

La fange du passé

Sans sa seconde trahison, il raflait tout, Labousikov ! Mais il était trop sûr de lui, d'elle surtout qui refusait d'admettre ce qu'il lui avait fait. Moi, j'ai compris d'abord qu'il n'est pas seulement un toubib incompétent, un éjaculateur précoce, c'est proclamé sur le visage ingrat de sa digne moitié, un arriviste crétinisé par la facilité que procure l'argent des autres, donné ou volé, dans son cas c'est au choix. Ce qu'il est ? un hypocrite manipulateur, malin comme une tribu de singes, pas le genre qui laisse des traces, le pervers accompli qui utilise l'occasion, ni vu ni connu. Il m'a fallu des mois pour reconstituer le puzzle de la vie et de la mort dans lequel il l'a entraînée, saisissant au vol les rares instants où elle brisait le silence de coffre-fort dans lequel elle enfermait ses ignominies à lui, dont elle avait honte – mais pas lui, bouffi fanfaron. Si elle avait coupé court quelques années plus tôt, son accident n'aurait été qu'un accident. Je l'ai appelée tous les soirs pendant les dix mois où elle n'a pas pu marcher. En me révélant les méfaits de celui qu'elle avait pris pour un ami, elle s'est arrachée à un piège fatal dont je ne soupçonnais pas à quelle sombre profondeur elle s'y était engluée. Il a fallu dix mois, pour elle abominables, pour qu'elle rompe avec des années d'illusions, affronte la réalité d'une amitié perfide, et décide d'échapper aux bras de la mort pour se frayer un chemin vers la renaissance du corps et de l'esprit, de l'âme et du cœur.

Je suis son témoin.

SMS de Fanny:

« Pourquoi tu réponds pas depuis 2 jours? Qu'est-ce que tu fais encore à la clinique? Demain, je viens. Covid ou pas, personne m'empêchera. »

Pas de hublot dans la coquille

Bagnolet premier jour. L'infirmière de nuit l'a trouvée sur le lit, pliée dans le noir, qui se cognait la tête avec les poings depuis sa sortie de salle d'op. Celle de jour disait: Arrêtez votre cinéma. J'ai mal. Vous vous croyez la première à vous casser la cheville. J'ai trois fractures, un traumatisme généralisé, une auto m'a fait valser en l'air, donnez-moi quelque chose. Je vous ai donné votre Doliprane, il vous faut quoi encore?

Celle de nuit, je voulais pas qu'elle s'approche, pas qu'elle éclaire mais qu'elle me laisse crever en paix. Elle a dit qu'elle devait inspecter le plâtre et m'a touché le pied. J'ai hurlé. Elle a éclairé. Orteils noirâtres, bouffis, et dessous ça saignotait. Elle m'a aidée à avaler de la morphine et elle a ameuté la clinique. On m'a redescendue dans un brancard qui tapait dans les murs et entrait tout juste dans l'ascenseur. Un Asiatique, jeunot, qui m'a pas dit un mot, pendant que sa copine à crête violette et anneaux dans la lèvre mangeait dans un sac en papier sur le banc à côté, a découpé le plâtre avec une scie électrique qui lui vibrait dans les fractures. Il a retiré la coquille et il en a moulé une autre. Elle a demandé pourquoi il ne laissait pas un hublot pour surveiller la cicatrisation. Il a dit: Pas la peine.

Séduction et artifices

Elle était naïve, entêtée, bête pas toujours, mais incapable de renoncer à une illusion longtemps entretenue, d'admettre qu'elle avait fait une erreur d'aiguillage, et donc continuant sur une lancée qui la conduisait au désastre.

Labousikov et sa tribu, qu'est-ce qu'ils faisaient pendant qu'on la massacrait, alors qu'elle les appelait au secours ? Pas un signe de vie pendant dix jours à la clinique, pas un non plus quand elle est rentrée chez elle. Elle cherche toujours une explication. Il y en a qu'une. Il a voulu sa mort.

Dix ou vingt ans plus tôt, elle s'était éprise d'eux, en bloc, une smala à laquelle une lointaine origine russe, diluée à la troisième génération où personne ne parlait plus la langue, mais faisait semblant. Le père et quatre fils, tous se prétendaient princes ; par contagion, Nada, rustique péquenotte, se retrouvait princesse Labousikov, sonnez fanfares !

Médiocre étudiant à Paris, par relations casé interne en une province éloignée, il épousa en tralala la première infirmière venue qui, depuis, ne l'était plus, infirmière : la rustique princesse ne travaillait pas. Peut-être ne voulait-on pas d'elle dans la capitale où il avait fallu un sérieux coup de pouce pour que son conjoint fût admis. La brillante carrière du père défunt n'y avait pas été pour rien, mais l'appui financier d'un banquier philanthrope, que le mourant avait sollicité pour veiller sur les siens après lui, y fut pour beaucoup. Malheureux père qui doit se retourner dans sa tombe chaque fois que son fils déshonore son nom !

Si je m'empêche de lui reprocher de n'avoir pas dénoncé la première trahison, c'est que, sans parler du banquier genevois, piégé quelques décennies avant elle, bien d'autres, qui ont été pris, le sont encore, alors qu'elle s'est libérée d'une attache qu'aujourd'hui, enfin, elle maudit. Le petit clan russo-rustique séduisait à tout-va en ce temps-là. La Matouchka sans double menton, la taille encore souple, la dureté des traits à peine esquissée dans le pli amer de la lèvre ; lui, pas encore grassouillet ni contraint de cacher des joues roses et rebondies de bébé florissant sous la barbe qu'il arbore avec sa soutane depuis qu'il a été promu (on dit ordonné, je sais, mais dans son cas, c'est spécial : est-ce qu'on ordonne un voleur, menteur, hypocrite et déloyal ?) diacre dans l'église orthodoxe, devenu prêtre depuis (le prêtre orthodoxe est marié), et le diable sait ce qu'il espère encore avec des vieilles lui baisant pieusement la main : prestige, solidification d'une assise sociale dans un milieu différent de celui où son père brilla d'un éclat qui éclipse sa descendance ; et les quatre garçons si jeunes alors. Le dernier (devenu pénultième la ponte terminée), minuscule, tendre blondinet, elle l'imaginait devenir un Rimbaud du XXIe siècle, mais des livres qu'elle lui a offerts, il n'en a pas ouvert un.

Ses frères se vouent et dévouent sans compter aux profitables destinées du commerce, de la banque et de l'informatique. Qu'auraient-ils pu se dire, elle et eux ? Après l'accident, à défaut de fleurs, car ils ont hérité du radinisme légendaire de leurs parents, qui, en quinze ou vingt ans, ne lui ont pas offert un cadeau, je ne compte pas un sachet de 20 grammes de thé (minuscule à ce point, ça existe, ils l'ont trouvé pour elle) tandis qu'elle donnait mobilier et bijoux, sans parler des chèques (je croyais qu'ils m'intégraient dans leur famille et j'étais affamée d'amour), ils auraient pu lui envoyer des vœux par e-mail, quelques lignes, c'est gratuit. Ils ont scrupuleusement économisé leurs claviers bien que l'un des ordinateurs fût un cadeau qu'elle offrit à l'aîné.

Melon crevé

Après huit semaines, on retira le plâtre, la cheville apparut, melon crevé, monstre violet dont la découpure ne se fermait pas. De consultation en consultation, elle empirait, parvenait à peine à passer de son lit au fauteuil dont les roues cognaient les chambranles et arrachaient la moquette, elle roulait jusqu'au bureau, tombait en passant du fauteuil à la chaise dactylo où elle ne tenait pas assise un quart d'heure… Comme si ses os se disloquaient, son corps glissait d'un côté ou de l'autre ; et sa cervelle qui clapotait l'empêchait d'écrire. Elle plaisantait au téléphone avec ses amis… À l'hôpital aussi, elle avait plaisanté. Elle aurait mieux fait de crier, pleurer, hurler sa douleur comme les autres au lieu de l'affronter debout (si j'ose écrire) dans son brancard. Elle m'a raconté comment les pompiers l'ont ramassée dans la rue pour l'emmener dans un hôpital, alors qu'elle en voulait un autre. C'était huit jours avant l'obligation de garder les lits pour les malades de la Covid. Anticipant les consignes gouvernementales, les urgences étaient vides, le personnel se marrait ouvertement de n'avoir rien à faire. En un tour de main, elle a été radiographiée, plâtrée et expédiée chez elle un samedi soir, seule, quatrième étage sans ascenseur, elle ne voulait pas être renvoyée avant d'être opérée : ils n'ont pas le droit de le faire, ils l'ont pris, appelant une ambulance et disant qu'ils lui chercheraient un chirurgien, qu'ils la préviendraient.

Ce qui s'est passé avec Labousikov, le lendemain dimanche, la première saloperie, c'est la dernière chose qu'elle m'a racontée, elle n'y arrivait pas, c'est sorti tout de même dans le plus grand désordre. Je le raconterai avant de finir.

Petit désagrément

Pendant qu'elle était plâtrée est tombé son anniversaire. Vivant dans un fauteuil à roulettes, dans un autre temps, à côté du nôtre, elle ne savait plus qu'elle en avait un. La Rustique, qui n'avait pas donné signe de vie depuis sept semaines, lui a expédié d'électroniques vœux :

« Bon anniversaire malgré le petit désagrément qui vous immobilise.

Je vous embrasse ».

D'un clic, elle a envoyé le message au panier.

L'en a retiré deux jours après, n'ayant pas vidé sa corbeille. La colère étant excellente conseillère, elle a répondu :

« J'ai toujours cru que l'humour était salvateur, mais je pensais à l'esprit français ou à l'humour anglais. Vous me faites découvrir l'humour Rustique de la France profonde. Alléluia ! »

Elle m'a transféré les deux e-mails. J'ai compris à quel point elle souffrait d'une douleur qui la frappait ailleurs que dans son corps, écrasé, retombé sur le dos après un vol plané.

Le drapeau sénégalais

« Viens pour Noël, Carlos ira te chercher avec les enfants.

— Pourrai pas, Sofia, je t'assure. Peux pas marcher. Il y a un truc vert dans ma cheville et du rouge et du jaune à côté, un drapeau sénégalais. La généraliste a envoyé des photos au chirurgien. Il réagit pas. À chaque visite, il dit que tout va bien, c'est pas infecté, je me fais des idées. J'ai de plus en plus mal. On m'augmente la morphine. Je n'en peux plus d'être trimballée. La dernière fois, j'ai attendu quatre heures les ambulanciers. J'avais même pas la force de lire. C'est une autre compagnie qui est venue me chercher quand la fille de l'accueil s'est effrayée parce que je tombais de ma chaise d'attente. Sur le périf, ils roulent si vite que ça fait mal comme si on me tapait. Préfère rester couchée dans mon lit.

— Mais tu ne peux pas ! On va finir par t'amputer ! »

Le gardien de ses clefs

Le Tramadol ne lui faisait aucun effet. Lamaline, Skenan et Actiskenan pas grand-chose non plus. Mais à part la morphine et les opiacés, je crois qu'il n'existe rien d'autre. Elle me disait : « Avec ce que j'avale les autres planent, sont shootés, font des rêves délicieux et dorment comme des bébés, moi rien, pas un éléphant rose ne vient voler dans ma chambre, j'ai toujours mal, je ne dors pas ». Elle déclinait, la tête surtout. Elle mélangeait les mots, confondait les noms, ne retrouvait plus celui de son voisin de palier, un écrivain gardien de ses clefs, n'arrivait pas à lire et, si elle parvenait à finir une page, une heure après ne savait plus ce qu'elle avait lu.

De Cézanne à Renoir

E-Mails avec Ettie :

« Je connais une excellente infirmière qui vous aiderait pour la toilette.

— Attendez que je sois morte, Ettie, s'il vous plaît !

— Vous gagneriez beaucoup de temps.

— J'en ferais quoi ? Je bouge à peine, je n'écris plus. Avec ma bassine dans la cuisine, je fais une expérience, je rejoins le temps d'avant les robinets d'eau courante, je me retrouve dans les tableaux du XIXe siècle « Femme à sa toilette » par Cézanne, corps tachetés, marbrés, violets, cognés, poignés et empoignés, et puis, quand ce sera moins dur, style Renoir. Ne vous en mêlez pas. Vos relations intimes avec Labouse (il ne s'agit pas d'une coquille, c'est un raccourci volontaire de l'auteur qui alterne Labouse et Labousikof et peut-être essaiera aussi un La Bouse) me troublent, je peine pour taper les lettres avec des mains qui souffrent d'avoir, par réflexe animal, tenté de repousser l'écraseuse chauffarde, mais je me sens plus libre avec ma bassine que vous avec vos jacuzzis. J'ai renvoyé tout le monde. Pas d'aides ménagères, d'infirmières, de kinés. Ils dévoraient mes dernières forces. Bassine et Shalimar ! Je sens très bon. N'écrivez plus.

— J'ai vu sur Internet des sièges de baignoire très confortables, choisissez en un et je ferai la commande pour vous.

— Je ne veux pas en entendre parler ! Suis blessée, pas infirme.

— Je vous appelle.

— Parler m'épuise.

— Quand pourrai-je venir ?

— Vous ne m'avez jamais écrit avant l'accident. Vous n'êtes jamais venue non plus. Qu'est-ce qui vous prend ? »

Le triple crime du cagot

Aucun de nous n'a soupçonné le crime du cagot : mensonge, abandon, trahison.

Pas une fois, pendant les trois jours où l'hôpital lui a cherché un chirurgien, alors qu'il savait celui qu'elle désirait, pas une fois, ce salaud n'a décroché son téléphone ni envoyé un message pour la faire admettre où elle le désirait ou à défaut dans un service convenable. Pas une fois, pendant son hospitalisation qui devait durer une nuit et s'est prolongée dix jours, il ne lui a téléphoné ni n'est venu la voir. La Covid avait bon dos. Moi qui n'appartiens pas au milieu médical, j'ai pu aller jusqu'à sa porte et lui parler.

Lohengrin

SMS : « Comme vous m'avez offert des aides dont je n'ai pas besoin, je vous en demande une, Ettie : j'aimerais qu'on m'enregistre *Lohengrin* qui va passer sur Arte avec Roberto Alagna, mise en scène de Calixto Bieito.

— Je croyais tous les Opéras fermés.

— Ils le sont. Les chanteurs se produisent dans une salle vide un seul soir, pour la captation.

— Vous pourrez voir la retransmission sur Arte.

— Justement non. Trop tard. Trop épuisée. Trop mal.

— J'ai fait mille courses pour maman. Je l'emmène demain en forêt. Donnez-moi de vos nouvelles et de la plaie (je hais ce mot). Voulez-vous une petite visite à mon retour ? (petite ? mais je l'ai payée cher, son interminable visite, et il n'y en aura pas d'autre ! Le seul jour où je lui ai laissé forcer ma porte, elle est restée des heures, le temps de démolir le dévideur de papier, de remarquer que j'étais épuisée et livide sur mes oreillers, mais sans décoller et, après son départ, en roulant sur ce maudit fauteuil, il m'a fallu laver/ranger le service dans lequel je lui ai servi mes derniers « herbals » américains dont elle raffole tant qu'elle n'a pas laissé une goutte, et moi, en sa présence, je n'avale pas une gorgée, car s'il me fallait utiliser les toilettes pendant qu'elle est là, je ferais comment avec ce fauteuil trop large pour passer la porte ?)

— Trop fatiguée, papiers à faire, médecin. Une autre fois.

— Quand ?
— Sais pas.
— Et la plaie ? »
(encore !)

Des héritiers, ça ?

Elle avait donné son cœur – si seulement elle s'en était tenue là ! – croyant trouver en eux mieux qu'une famille, des héritiers à qui transmettre le meilleur de ce qu'elle était – ils préféraient ce qu'elle avait. Comme leurs murs étaient couverts de tableaux, elle avait confondu avec l'amour de l'art leurs placements sécurisés. Elle en fut un aussi. Mais ils l'ont méconnue. Fascinée, empoisonnée (au moral comme au propre avec une surinfection qui conduisait à la septicémie), dans un sursaut vital, elle a appelé celui qui l'a sauvée alors que Labousikov la croyait entièrement tombée en son pouvoir, aussi inerte que les toiles accrochées à ses murs, chacune au-dessus de sa petite lampe particulière. Dire qu'elle avait contribué à agrandir la collection alors que, subtile muflerie, il allait s'amuser aux enchères sans elle seulement conviée à régler le chèque... Il ignorait ce que je sais : comme elle est incapable de se défendre, elle supporte que les gens aillent trop loin jusqu'au moment où elle abat le rideau de fer. Sans retour. Labouse qui l'exploitait avec un total mépris, sans tenter de la connaître, a manqué l'héritage. D'un cheveu, mais manqué. Il leur reste un stock de cadeaux puisque, ayant perdu en quelques mois père, mère et mari, ils raflaient tout ce qu'elle leur offrait. Ainsi, elle troquait des objets qu'elle aimait pour un Noël avec balalaïka. Persuadée que ça en valait la peine, elle s'est obstinée dans l'idée d'une harmonie des cœurs avec des gens privés de cet organe... Un jour elle m'a dit : « J'avais personne ».

Elle m'avait et ne le savait pas.

Le bétail qui divague

« Oh lala depuis que je n'ai pas de nouvelles de toi, ma jolie (gloupsss)… Comme le temps passe… Le toit de la bergerie communale s'est effondré, on m'a crevé les pneus, une nuit, dans le pré derrière chez moi, il y a eu un incendie criminel à la mairie, les gendarmes enquêtent, depuis que la meuf du bistrot s'est tirée avec le facteur, le patron se saoule tous les soirs, se fout du couvre-feu, les carabiniers boivent avec lui en braillant des chants polyphoniques jusqu'au petit matin, et je ne te parle pas du bétail qui divague et broute les plantations des particuliers… la petite Lola, qui avait disparu, qu'on cherchait des deux côtés de la frontière jusqu'à Casterino et on avait passé la Vallée des Merveilles au peigne fin, a envoyé une carte de… Polynésie… je te passe les détails… j'espère que tu vas mieux, je vais t'envoyer pour te distraire deux petits romans que je viens de publier chez un éditeur local.

— Surtout pas ! Aucun besoin d'être distraite On vient d'enlever le plâtre, j'ai encore deux mois de roulettes devant moi. Ma tête ne fonctionne plus, je n'écris plus, je ne lis plus, même *Astérix*. Dès que je pourrai, j'irai à l'essentiel pour me reconstruire.

— L'essentiel ?

— Sophocle.

— Tu te reconstruis avec Sophocle ?

— J'ai un article à finir sur *Antigone*. Pour le moment, peux pas, j'ai des bruits dans la tête, quelque chose qui vibre. Après Sophocle, Shakespeare.

— Tu es très spéciale.

— Moi ou toi ? On se connaît depuis l'école et tu ne me connais pas.

— Tu es atypique.

— C'est un problème ? »

En toute ignorance de cause

Le dimanche, lendemain de l'accident, ils lui ont rendu visite après que l'hôpital l'ait renvoyée chez elle, la veille. Nada n'a pas dit un mot, elle ne l'ouvrait jamais, c'était creux dedans, sans quoi elle n'aurait pas pu vivre avec pareil bouffon. Elle a demandé : « Est-ce qu'il faut vraiment opérer ? — On opère, c'est la mode. — Ce n'est pas une réponse. — Vous souffrirez moins. » Ce n'était toujours pas la réponse. Plus tard, espérant qu'il proposerait de le faire lui-même, elle a dit : « Je vais appeler « mon » hôpital pour être opérée par le professeur A.S. » Il a coupé : « A.S. ? Vous rêvez complètement ! Il est débordé, il a des rendez-vous des mois en avance, il ne vous prendra jamais ! »... Pouvait-elle ne pas le croire ? Même obtenu par piston, il était le patron d'un service d'Urgences en banlieue. Elle croyait, nous croyons tous, qu'il prenait, allait prendre ou avait déjà pris des contacts pour elle. Elle avait et, par ricochet, nous avions tous, confiance en lui. Dans ces conditions, il lui a été facile de la dissuader de régler le problème elle-même, de téléphoner ou de nous demander de le faire pour elle. À l'époque, j'étais d'avis qu'elle suive ses conseils. Je ne me le reprocherai jamais assez. Mais qui pouvait se douter que nous avions affaire à un prédateur de l'espèce la plus perverse, alors que certains, aujourd'hui encore, comme Ettie et sa mère, refusent de l'admettre ?

Staphylocoque doré

Pendant 7 mois, Bagnolet a nié l'infection. Le jour où, la souffrance devenue intolérable, elle a appelé A.S., il l'a opéré en urgence, il a cherché le germe de la surinfection, dont les dégâts se voyaient à l'œil nu, opérée, soignée, sauvée.

Promue seconde marraine

Lorsque, au lieu de tout leur distribuer, elle se contentait de les gâter selon les moyens d'une romancière qui vit de droits d'auteur qui ne sont pas du luxe, ils se sont enhardis à réclamer, l'air de jouer. Sauf que ce n'était pas un jeu ce qui leur brillait au fond des prunelles luisantes, elle l'a immédiatement compris.

Avec l'aîné, ils lui ont fait le coup de la marraine. Le garçon en avait une déjà, elle serait la seconde, c'est ainsi qu'elle eut la main forcée pour des objets qu'elle ne s'offrait pas à elle-même. Elle n'avait pas été promue seconde marraine du troisième, il lui a tout de même réclamé une contribution financière pour réaliser une mise en scène qu'il a été incapable de faire aboutir.

Un jour, elle a mis un terme à ses générosités. Elle avait découvert le (un des) honteux secret(s) du Labousikov. Elle avait écrit un livre d'entretiens avec lui, lui abandonnant la moitié de ses droits alors qu'elle avait fait, seule, le travail. Lui, gonflé comme la grenouille de la fable, persuadé qu'il était capable, s'est fait donner un à-valoir pour un texte dont il n'a pas rédigé une ligne et n'a pas remboursé l'éditeur. Elle a appris l'escroquerie trop tard et qu'on la soupçonnait de complicité puisqu'il avait utilisé son nom pour s'introduire. Son éditeur l'a crue, mais dans un milieu aussi réduit, sa carrière et sa réputation étaient si écornées qu'elle est passée d'un grand éditeur à un petit. Si elle ne l'a pas rejeté alors, c'est qu'il l'avait persuadée qu'elle n'avait qu'une chose à faire : dégager. Il n'avait plus besoin de la détruire, elle s'anéantissait lentement elle-même, très pratique pour lui.

Plumes de paon

« Nous n'avons pas de nouvelles depuis des mois. Comment allez-vous ? La cheville ? Le moral ? Désirez-vous que nous vous apportions quelque chose, ma femme et moi ?

— Le moral est d'acier. Le courage inusable. Je ne désire rien de vous, qu'espérez-vous encore de moi ? Je n'avais qu'une Piaget de mon mari et qu'un collier Plume de Paon de Maman. Pour vous, des valeurs monnayables, pour moi lorsque je vous les donnais, l'élan de tout mon cœur. J'aurais voulu ne pas vous les avoir offerts pour n'avoir pas à supputer les chances que vous me les rendiez. Ce sont vos mensonges répétés pendant les trois jours qui ont suivi mon accident, qui m'ont conduite où j'en suis. Vous avez prétendu que le professeur A.S. ne me recevrait pas. Vous avez refusé de me faire admettre à l'hôpital où vous travaillez. Vous avez affirmé connaître la clinique poubelle où vous m'abandonniez. Mensonge sur mensonge sur mensonge ! Ignorance d'un incapable ? Malfaisance délibérée ? Canular de salle de garde ? Un ami prétend que vous étiez payé, un autre que vous programmiez ma mort pour empocher plus vite. J'étais aveugle, j'ai eu la sottise de mettre ma confiance en vous (médecin, diacre et ami croyais-je). À cause de vous, j'aborde le cinquième mois de souffrances difficiles. Je sais pourtant que "qui vole, trahit, qui trahit est capable du pire" »… j'invente ce dicton à l'instant, une exclue à votre usage ».

Petites saucisses

« Tu as vu ses mains ? Ses doigts n'ont pas d'articulations, pas de phalanges. Roses, sans un poil, uniformément gonflées de l'attache jusqu'à l'ongle, on dirait un étal de petites saucisses à griller sur un barbecue. Répugnant.

Comment ai-je pu me fier à des mains pareilles, rosâtres, bouffies, bedonnantes ? »

Elle l'a laissé revenir chez elle une seule fois, pour récupérer les clefs, sous prétexte qu'elle en avait besoin, mais elle ne les donnerait pas à l'infirmière et voulait seulement qu'il ne les ait plus et ne puisse plus entrer chez elle. Elle redoutait tellement sa présence physique près de son lit qu'avec son fauteuil, elle avait poussé celui sur lequel il prendrait place au fond de la pièce. « J'espère qu'il ne le rapprochera pas de mon lit. — Tu sais que tu es chez toi ? » Je lui ai proposé de venir. « Personne ne me voit dans cet état. Toi non plus. »

Nouvel An

« Je vous souhaite musique, joie et amitié, sans oublier les ailes de l'écriture. (Elle parle de quoi ? Les ailes sont brisées depuis le 3 octobre, la promo de mon livre est annulée, on n'en vendra pas un, je n'arrive pas à aligner deux mots du suivant, c'est mon cinquième mois de morphine, après deux dans le plâtre, quatre en fauteuil roulant, en attendant déambulateur et béquilles). Je vous appelle cet après-midi.

— S'il vous plaît, Ettie, non et non ! Je préfère l'écrit. Comme je ne peux plus arpenter les couloirs de la Vaste Maison, des journalistes de France Culture viennent enregistrer chez moi. Un copain a remis la porte de la cuisine en place, je suis levée, et je vais préparer la salle à manger. Ça prendra le temps qu'il faudra, mais j'y arriverai.

— Bravo ! Vous ne m'aviez pas dit. Vous me direz les résultats de l'IRM et quand on peut s'appeler.

— On ne peut pas.

— J'aimerais vous entendre.

— Je prépare mon émission. Bon dimanche.

— Quand vous aurez le temps, mettez-moi un message et quand vous pourrez, on se parle.

— Je ne veux pas parler. »

La mort sur un plateau doré

Il faut dix mois et deux opérations pour que la trahison, après le vol, enfin, mette le feu aux poudres, que cette nouvelle ignominie réveille son intelligence engourdie, son discernement égaré, son goût de la liberté, car cette fois, ce fourchu ne compromet pas seulement sa situation professionnelle, il lui attaque l'âme, la pousse aux rives de l'incapacité à guérir, de l'impuissance à écrire, qui est sa mort annoncée, tout le monde le sait et elle découvre en elle les flamboyances et les brûlures de la haine.

Mais elle repousse toujours la seule explication possible au comportement inexplicable du Labousikov : il lui apporte la mort sur le plateau doré des illusions et elle est en train d'accepter de finir. Je ne peux rien empêcher, elle glisse sur ce toboggan infernal et je désespère lorsque, dans un miraculeux élan vital, au moment même où elle parvient au bout du bout de ses forces, elle appelle le chirurgien qui la reçoit deux jours plus tard et l'opère en urgence. Elle est sauvée.

Pof!

« Comment tu vas ?

— Sais pas. L'infirmière a posé six gélules sur la table et un verre dans lequel elle a versé une ampoule, elle aurait mis de la ciguë, j'aurais avalé pareil. J'ai juste eu le temps de repousser le plateau et pof !

— Qu'est-ce qui te contrarie ?

— Peux plus rester assise, suis en coton.
— Depuis les nouveaux médicaments ?
— Oui.
— Je ne sais que dire.
— Moi non plus.
— Et les infirmières ?
— Comprennent rien. Téléphonent au médecin.
— Tu n'aurais pas dû avaler six gélules à la fois.
— Suis mal, Fanny. La perf s'est débranchée. C'est plein de sang, c'est dégoûtant. La machine siffle. Personne ne vient. Peux pas bouger. J'ai un tube. »

France Culture

« N'appelle pas, Sofia. Peux pas tenir le téléphone. Sous perf. J'ai fait tourner pas la table, le lit, au lieu de regarder la télé toute noire et la porte de la toilette, je vois le ciel et la nuit la lune dort sur mon drap.
— Tu parles sur France Culture en ce moment. Quelle oratrice, ta parole est claire, sans hésitation, fluide et le sens profond des choses… bien sûr… bravo… »

La garde rapprochée

Dans la garde rapprochée qui a fait reculer sa mort, parmi ceux qui sont en première ligne, il y a « son » écrivain. Il a organisé pour elle, en grande pompe et plein confinement, une traversée de leur palier commun (elle avait cravaté son plâtre d'un spectaculaire nœud papillon en satin pourpre) . Avec lui, elle partage d'incroyables fous rires. Il y a aussi « son » ténor, bien sûr, qu'elle contemple à la fois comme un enfant miraculeux et un hypersonique spécialiste du transport de la réalité à l'imaginaire. S'il lui disait qu'on a retourné, dans la nuit, la tour Eiffel la pointe en bas, elle n'irait pas vérifier. Lorsqu'elle lui a raconté la trahison, il a laissé échapper : « Mon Dieu ! » pour se reprendre tout de suite et assurer, avec une consolante et résolue douceur : « Tu vas guérir ». Donc, c'est simple, elle a guéri.

Les sentiers de l'enfer

SMS avec Ettie :

« Je ne savais pas qu'il fallait vous réopérer. Vous en parlez comme d'une grande lessive. Une surinfection, c'est quoi ? Avez-vous une idée de quand vous rentrerez que je prépare l'orchestre en bas de chez vous ?

— L'orchestre ? surtout pas pour moi ! Je suis branchée jour et nuit et j'explore les sentiers de la haine envers le diable que vous choyez qui m'a jeté en enfer. Je n'aurai rien à fêter à ma sortie et une troisième opération à programmer. D'ici là, je ne veux qu'écrire, écrire, écrire et je n'y arrive pas. Ce qui me rend infréquentable.

— Prends garde à toi ! (Ollé ! Elle me joue la habanera de *Carmen* !) Ce chemin ne mène qu'à la destruction et ce n'est pas du tout bon pour votre âme ! (Whaouh ! Whaouhh ! Whaouhhh !) Je vous le dis parce que vous m'honorez de votre amitié, sinon, je ne me permettrais pas. Et parce que je vous aime. » (*My God* !)

Écrire

Malgré les interdictions Covid, je suis passé deux fois à l'hôpital. Je lui apportais des livres, des cahiers, des stylos auxquels elle n'avait plus touché depuis sept mois. Elle a recommencé à lire. Lentement, mais elle y arrivait. Écrire était plus difficile, mais elle m'a dit qu'elle écrivait : *Trahison* dans son lit d'hôpital, après la deuxième opération en attendant les résultats des analyses

À ma seconde visite, un infirmier m'a permis d'approcher de sa porte.

Elle avait fait pivoter le lit pour regarder, non la télé éteinte au plafond et la porte des toilettes, mais dehors, les arbres, la rue, les immeubles et la lune la nuit qui tombait sur ses draps. Elle tournait le dos au couloir. L'infirmier lui a dit qu'il y avait quelqu'un pour elle. Elle s'est retournée. J'ai lu dans son regard le rayon que j'espérais depuis longtemps entendre bruisser dans sa voix au téléphone. Depuis sept mois, sauf en ambulance, elle n'avait pas quitté son appartement et n'avait vu personne – sauf le personnel médical des hôpitaux.

Chez elle, elle avait congédié les aides ménagères et le kiné pour incapacité, les infirmières pour leur sans-gêne. Elle faisait ses pansements elle-même en regardant la cheville dans un miroir, c'était compliqué, mais elle préférait.

À trois mètres l'un de l'autre, moi ne quittant pas le couloir, elle sur son lit, nous avons parlé. Je ne sais plus de quoi. Nous ne savions que dire. Elle commençait à revivre. Pas seulement grâce à mes chocolats.

Il a menti sur tout

Au chirurgien qui l'a sauvée, elle a demandé :

— Vous m'auriez opérée, le 6 octobre 2020 ?

— Vous m'avez appelé il y a trois jours et vous êtes dans mon bureau, alors qu'en pensez-vous ?

— Mais…

— Bien sûr, je vous aurais opérée, confinement ou pas. Où est le problème ?

Elle lui a répété ce que disait Labousokov, le dimanche aux yaourts. Et lui :

— Je n'ai jamais refusé d'opérer quelqu'un. Je suis chirurgien et je suis là pour ça. J'opère tout le monde. Les urgences, dans l'urgence, le lendemain de l'admission, deux jours après, trois peut-être, je vous aurais opérée. Comme les autres.

T'inquiète pas

SMS à Sofia :

« Sortie de la salle d'opération. Chirurgien content. T'appelle demain. J'ai mis un petit texte en ligne : *Trahison*, trois pages. J'en ferai une nouvelle. Je n'écris plus, incapable, que des petits posts sur mon Fb. Sans intérêt. Le serpent semble avoir compris que je ne le recevrai plus, de ce côté, j'ai la paix. Voleur et menteur, comment est-il autorisé à servir à l'autel reste un mystère pour moi bien que l'Église a toujours engraissé des immondes… Tu vois, rien d'intéressant. Des hauts et des bas-fonds, comme toujours. Comme la vie. »

Clin clin le tiroir-caisse

Elle continuait de demander : « Pourquoi, il a fait ça ? ». Je redoutais qu'il ne vînt sonner chez elle pour la ramener dans ses filets menteurs. « Non, disait-elle, il a compris. – Il reviendra à la charge puisque tu n'as pas jeté ton testament après le coup de l'éditeur – Mais je m'en fiche du testament ! – Pas lui ! S'il imagine que tu peux le changer, il ne supportera pas le bruit du tiroir-caisse qui se referme et il viendra plaider sa cause ». Elle a ri : « Clin clin, le tiroir-caisse ! Je le lui claque sur les doigts, s'il envoie encore la main ». Beaucoup plus tard, elle m'a dit : « J'ai voulu acheter son amour. – Mais pourquoi es-tu incapable de croire qu'on peut t'aimer gratis ? – On ne peut pas. – Et moi ? – Oh, toi, si cher… »

Rachel ou pas Rachel

« Retour de voyage avec ma mère, je viens aux nouvelles après ces quelques semaines (non, pas des semaines, Ettie ! des mois, des mois entiers, des mois faits de jours et de nuits interminables, d'heures qui s'envolaient si vite avant, que je ne sais plus comment user, râper, raboter pour les faire passer). J'espère que les antibiotiques font leur effet et que la plaie (horreur perpétuelle de ce mot) est en voie de guérison. On se parle si vous voulez (veux pas !). Avez-vous besoin de quelque chose ?

— De rien, merci !

— On se parle si vous en avez envie (pas envie, déjà dit). J'ai presque fini votre roman *Rachel*...

— Je n'ai jamais rien écrit sur Rachel et je ne pense qu'au *Mémorial des Anges oubliés*.

— Vous m'avez offert *Rachel* pour Noël (Non ! Je vous ai offert *Rachel et les siens*, rien à voir avec la tragédienne !) Oui, je connais cet autre roman dont vous me parlez (Non, vous mentez, comme l'autre ! Décidément, je patauge là-dedans. Si vous connaissiez *Le Mémorial des Anges oubliés*, vous sauriez que j'en suis l'auteur désespérée).

— Noël est à des kilomètres d'opium et de morphine. Nous nous connaissons à peine. Vous vous êtes brusquement rapprochée sans me connaître. Je suis sauvage, très éloignée de votre admirable piété, indigne de l'élévation de votre âme (gloups), je déteste un super bigot qui vous est cher. Je ne suis pas pieuse, les dévotions m'ennuient. Je suis distante. L'effusion et l'allégresse militantes que vous pratiquez me déconcertent. Votre spiritualité affichée me détourne de la spiritualité. Je vous ai déjà dit que je veux vivre seule ce temps entre parenthèses. Dans le Gobi, on n'emporte que l'essentiel, je veux le traverser dans la solitude et la liberté. Vous avez forcé ma porte, je la referme. Consolez-vous, je ne suis pas digne de vos vertus que j'admire de loin sans ambitionner de les acquérir (re-gloups, mais comment je peux déballer des choses pareilles ?). Vous m'offrez votre amitié, elle est prématurée. Et pourquoi l'offrez-vous juste après l'accident ? après ce que m'a fait votre cher Labousikov ? Pour moi, l'amitié ne commet pas d'intrusion, ne viole pas la solitude de l'autre, mais l'éclaire sans la forcer.

Viager et vente à terme

Il a appris qu'elle lui donnait tout, en héritage. C'était l'époque où ils se montraient très gentils envers elle, cependant elle a été très surprise lorsqu'elle a compris qu'il connaissait le prix de tous ses biens (qu'elle-même ignorait). Il lui a dit, qu'au final, il n'aurait pas grand-chose, à cause des impôts. Elle a souri jaune, répondant que pas grand-chose était mieux de rien du tout. Il est revenu à la charge. Il ne paierait pas d'impôts, s'il achetait son appartement (qui n'était pas en vente). En viager, elle en conservait la jouissance jusqu'à la fin de ses jours. Elle a fait la sourde. Il a réattaqué un peu plus tard avec la vente à terme. Elle ignorait ce que c'était. Elle devrait débarrasser les lieux dans les dix ans. Elle a ravalé : Pour aller où ? car il continuait sur sa lancée : C'était pour son bien, son appartement était trop grand (elle le trouvait petit), elle aurait des liquidités (elle n'en demandait pas). Elle a cédé. Pas son notaire, qui a refusé d'établir l'acte. Il lui a démontré que, passé ces dix ans, elle n'aurait plus de quoi vivre comme elle en avait l'habitude. « Dans dix ans, je serai morte ». Les deux mains ouvertes et à plat, il a tapé sur la table à la manière tranquille et assurée d'un notaire :

« Dans dix ans, il vous en restera vingt pour travailler et faire ce que vous aimez ! »

Tableau de chasse

Il a recommencé ! Elle m'a envoyé leurs e-mails.

« Voulez-vous que je vous rende visite ? Je peux passer mercredi, jeudi ou vendredi après-midi (il travaille quand ?)

– Venir chez moi ? Pourquoi faire ? Je sors de l'hôpital pour la deuxième fois, opérée en urgence en début de semaine, mais cette fois par le professeur A.S. que je voulais depuis le début, un homme généreux et bon en plus d'un grand chirurgien. Après lavage du matériel et des prélèvements que votre boucher n'a jamais faits pour rechercher le germe d'une infection qu'il a toujours niée, c'est le staphylocoque doré. Ensuite, il y aura encore une ou deux opérations l'année prochaine, au total trois ou quatre au lieu d'une. Il existe une chance de se limiter à trois « désagréments nadanesques ». Nous n'avons plus rien à nous dire. Vous ne le comprenez pas ? Vous vous êtes débarrassé vous-même de tout devoir envers moi. Devoirs d'humanité : aider comme le bon Samaritain, même si l'autre n'a pas la force de demander – moi, je vous ai appelé à l'aide. Devoirs d'amitié : générosité, loyauté et fidélité. Il en reste un ultime dont je vous libère : après ma mort, vous n'aurez à vous occuper de rien – et rien à transmettre de ma part à ceux que j'aime.

— Comme je vous l'écrivais, je n'avais aucune conscience du tort que je pouvais vous avoir fait et n'aspire qu'à vous en demander pardon, (même si vous ne me pardonnez pas). Aussi, laissez-moi passer une minute lundi, mardi ou mercredi prochains après-midi (décidément : il travaille quand ?).

— Alors là… Si, à votre âge et dans votre situation, médecin, diacre et grand-père, vous êtes inconscient des conséquences de vos actes, je me demande combien vous comptez de victimes à votre tableau de chasse. Mon éditeur n'est sûrement pas la seule personne que vous avez volée ni moi la seule que vous avez trahie et abandonnée – et combien de serments sur l'honneur avez-vous violés, en plus de ceux dont vous vous êtes vantés auprès de moi ? Tout compte fait, il y a assez longtemps que vous me répugnez. Signifiant que le pardon est l'affaire du Père, le Christ Lui a dit : « Pardonne-leur, parce qu'ils ne savent pas ce qu'ils font. » Qu'Il vous pardonne, c'est son job. »

Lincoln Center

Depuis des années, plaisantant à demi, il lui reprochait ce qu'elle dépensait pour son travail (qui, de fait, à cette époque, lui coûtait plus qu'il ne lui rapportait), et elle en tenait compte, se serrant les cordons de sa propre bourse. Après la découverte du vol de son éditeur, comme on fuit les contagieux, elle s'est éloignée. Ils n'ont rien compris lorsqu'elle a cessé de les sortir, de les recevoir et qu'elle a instauré un rite : tous les Noëls et tous les Jours de l'An à Manhattan qu'elle a toujours considéré comme une annexe de Montmartre. Au lieu de tourner avec eux autour du sapin en chantant des cantiques dont personne ne connaissait le deuxième couplet, elle s'installait au café du Lincoln Center, le petit ordi collé à la baie vitrée, observant le va-et-vient des machines qui aspirent et recrachent la neige en longs jets irisés devant la façade du Met. En écrivant, elle, qui n'aime que le salé, avalait des cafés géants dans des tasses en carton, des brownies aux fruits rouge et d'énormes *cheesecakes*. Entre deux chapitres, elle a recommencé à envoyer des e-mails à ses amis, les vrais. Le soir venu, elle traversait l'esplanade, s'arrêtait devant la fontaine, allait se changer à l'hôtel Empire et attendait l'ouverture de l'Opéra en buvant du champagne au foyer. Elle s'est fait des amis. Une ou deux fois par an, elle se croyait obligée de se rendre à des fêtes Labousikov, mais comment ne se serait-elle pas ennuyée avec des bourgeois avides et menteurs déguisés en curés, elle qui est la fantaisie et la gaieté mêmes ? À New York, ce qui s'accorde à elle malgré son lamentable anglais, c'est son air de liberté, de farfadet nez au vent, qui se laisse aborder, parle et rit avec des étrangers, écoute, raconte, s'amuse et les amuse. Je sais qu'elle va continuer, repartir, je ne sais où, et il m'arrive d'être inquiet. Je continuerai de veiller sur elle où qu'elle soit, non plus soir après soir, mais je ne laisserai plus le temps nous séparer longtemps.

Le boucher, la poubelle et le Labousikov

Elle l'a fait beaucoup trop tard, mais alors elle a tout mis en œuvre pour échapper au boucher, à la poubelle et au Labousikov. À ce moment, elle m'a appris ce qui s'était passé quand l'ambulance l'a transportée dans la clinique de banlieue. Effarée et à bout de souffrance, elle a téléphoné à Nada. Nada, mécontente, car elle lui avait conseillé de ne pas emporter son portable le jour de l'opération (et là on commence à se poser quelques questions), Nada donc lui a répondu d'appeler son mari à l'hôpital et de s'arranger avec lui. Elle parvenait à peine à tenir son téléphone, avait espéré que Nada le ferait pour elle qui tanguait depuis des heures sur un fauteuil sans appuie-tête. Sans aucune difficulté, elle avait obtenu l'accord de la clinique pour partir, au diable si elle voulait. Il a refusé de l'admettre dans son hôpital ou n'importe lequel de convenable. Il lui a raconté qu'elle était dans un engrenage et devait y rester. Elle souffrait et voulait échapper à ce qu'elle subissait depuis des heures déjà : saleté, promiscuité, grossièreté, et pas un antalgique. Un autre blessé voulait partir aussi. Sa famille est venue le chercher, elle est restée. La matinée était passée, l'après-midi s'avançait vers le soir, une infirmière lui avait mouillé les lèvres quand elle avait basculé de travers sur sa chaise. Elle a de nouveau supplié Labousikov de la faire opérer dans l'hôpital où il travaillait. Elle tremblait de souffrance. À bout de forces, pour éviter de lâcher le téléphone, elle l'appuyait sur sa béquille pendant qu'il lui énumérait les prétextes de son refus. Le délai. Il y aurait un délai. Là où elle était aussi il y en avait un : contrairement à ce qu'on lui avait dit, elle ne serait pas opérée le jour même puisque la nuit était déjà tombée et qu'on lui cherchait toujours une chambre, probablement pas le lendemain non plus. Après le délai, il a argué les démarches : il devait informer le service d'orthopédie de son hôpital. Elle parlait difficilement, mais elle a répondu que c'est précisément ce qu'elle lui demandait : faire les démarches pour son admission dans l'hôpital où il dirigeait un service. Il a affirmé qu'aucune ambulance ne la conduirait d'une banlieue à l'autre. Le mensonge, cette fois, était tellement énorme, car les ambulanciers vous transportent où vous voulez, au Kamchatka si c'est votre idée, qu'elle a enfin compris : il mentait, trahissait, abandonnait. Elle a laissé tomber le téléphone.

Je l'ai déjà dit, c'est un tueur.

Cot cot cot codet

E-Mails avec Ettie :

« La pire séquelle n'est pas physique. Il est impossible

que mon éditeur ait été la seule personne que votre cher Labousikov ait volée. Impossible que je sois la seule à qui il a menti. Impossible qu'il se soit vanté seulement devant moi d'avoir signé sur l'honneur un faux témoignage pour partir en vacances en avion. Donc, tout monde le sait : il vole, ment, déshonore son nom et personne ne m'a mise en garde, vous non plus, et l'église orthodoxe l'a déclaré digne d'être ordonné. Il absout les péchés et distribue le corps et le sang du Christ le dimanche aux fidèles. Je vous souhaite d'heureux jours avec votre maman dans la forêt.

— Je me réjouis de ce mouvement à la vie que vous opérez (je savoure le mot !) en descendant jusqu'à la rue. Je vous souhaite du fond du cœur de dépasser la colère, la haine et de remettre votre cœur en place, dans la paix.

— J'ai dû mal m'exprimer. J'ai essayé de comprendre ce qui me paraissait incompréhensible, ainsi qu'à mes amis – et je vous ai fait part de ce qui nous semblait inexplicable. Cette tentative s'achève sur des interrogations auxquelles vous avez répondu constamment à côté. Mais la page est tournée.

— Je suis heureuse que ce soit sorti de votre cœur (qu'est-ce que c'est que ce « que ce » ? le caquet d'une poule ?). Pour le reste, est-ce à nous de juger ?

— Parbleu, c'est à nous ! qui d'autre le ferait ? C'est notre devoir d'affirmer de toutes nos forces qu'il existe le Bien et le Mal. Refuser de nommer le mal et ceux qui le propagent est une lâcheté, un asservissement de l'esprit qui tient la porte ouverte aux pires démissions. Le silence maintient les choses en l'état pour que le désordre du siècle perpétue l'ordre établi sans perturber le cours tranquille du mal et que perdurent les situations sociales, religieuses et politiques pourries. Seule en mon cœur, j'affronte la vérité. Contre ces arrangements que je méprise, je choisis le déchirement et l'exil car il ne m'est pas possible de connaître la douceur du monde sans concevoir une colère absolue contre le mal qui l'oppresse de toutes parts.

— Il ne m'appartient pas de vous donner des réponses. Comment le pourrais-je ? Je ne sais pourquoi il a agi ainsi. Il a peut-être des raisons qui l'ont détourné de son devoir d'amitié ou peut-être était-il dans l'impossibilité de vous aider pour des raisons qui lui sont propres et que peut-être un jour il vous révélera. Je n'en sais rien. Je ne sais que votre souffrance. Il la connaît aussi et je suis certaine qu'il en souffre (le pauvre ! Pas trop j'espère). Mais c'est votre relation à tous deux. La colère est à la mesure de la déception qui est à la mesure de l'amour et par retour de la haine (c'est une poupée russe ?). Il faut du temps pour mettre à plat tout cela et lâcher ce qui est surplus, faire la part de ce qui vient de soi, de ce qui vient de l'autre, de ce que l'on a laissé faire, de ce que l'on s'est complu à faire ou à laisser faire (je me suis complue à ce qu'il vole mon éditeur ? délit que pourtant j'ignorais ? complue à ce qu'il me mente quand j'attendais son aide ?), de ce que l'autre a cherché ou laissé faire à son tour. Vous êtes une femme libre (hourrah !) depuis longtemps. Avez-vous besoin de ces réponses ? retournez en vous-même chercher ce que vous êtes avec confiance, force et joie, avec douceur, enfin… autour de l'os à vif il faut laisser la chair se refermer, la peau cicatriser, refleurir (pitié les métaphores !)

Grippette et dimanche aux yaourts

Il a fallu dix mois, mais désormais elle appelle démon un démon. L'un des derniers points sur lequel elle a formulé des incertitudes, fut sur ses compétences professionnelles.

Elle avait eu des doutes en l'entendant appeler « grippette » la Covid-19, qui avait mis au cimetière déjà trois auteurs chez son éditeur et manqué tuer son ami chanteur, ensuite en le voyant incapable de lire ses radios, bien qu'attentivement plongé dessus, le fameux dimanche aux yaourts, le lendemain de l'accident (il lui avait acheté quatre yaourts et autant de bananes, utilisant sa carte à elle pour régler, elle la lui avait confiée pour payer les médicaments qu'ils avaient eu l'immense bonté d'aller chercher à la pharmacie – qui livre d'ailleurs.) Un jour où sa colère flambait, elle m'a déclaré : « Je vais dénoncer ce fourchu narquois, voleur et menteur, capable de mettre l'intégrité intellectuelle et physique des autres en danger. Je m'empêche de le maudire ! Je l'efface de ma mémoire ! Je l'anéantis ! »

Pâques

Pour Pâques de la deuxième année Covid, elle a décidé de descendre son escalier toute seule, sans « la chaise à porteurs ». Sept mois après l'accident, elle l'a fait, elle a mis vingt minutes pendant que sonnaient les cloches de la Résurrection qu'on entendait de son appartement.

Circonstances aggravantes

« Coup de tonnerre dans mon Piedmont, je suis abasourdi par tes révélations. Pourquoi n'as-tu jamais parlé ? N'y a-t-il pas quelques circonstances atténuantes à un pareil comportement ?

— Rien que des aggravantes. Voleur, hypocrite et menteur, diacre qui sert à l'autel, il m'a menti, trahie, abandonnée. Mes amis ont peur que je laisse de nouveau celui qu'ils appellent la pieuvre ou le serpent s'approcher de moi. Mais quelle que soit la bête sous l'apparence de laquelle il se déguise, il m'entrera pas. Où tu vois des atténuantes ? »

Les crocs dans le cœur

Elle ne demandait plus : « Pourquoi il a fait ça ? », mais : « Quelle souffrance lui a coupé le cœur en deux ? » ou : « Je crois que c'est dur d'arrêter de mentir, mais, si on commence c'est que quelqu'un vous a planté les crocs dans le cœur » et encore : « Le pire est qu'il n'en souffre pas. Mentir comme il respire, c'est sa réalité, il est en enfer et il ne le sait pas. Si j'avais le temps, je le plaindrais, mais je recommence ma vie où il me l'a cassée, j'ai plus d'un an à rattraper. »

Elle crânait. L'e-mail vicieux de la fille à maman sur « ce qu'on s'est complu à laisser faire » , dont je me demandais si ce n'était pas Labousikov qui le lui avait, sinon dicté, du mois inspiré, lui tournait dans la tête. Elle ne décrochait plus son téléphone. J'ai déposé des roses sur son paillasson devant sa porte qu'elle n'ouvrait pas et, dans son répondeur, j'ai répété jusqu'à saturation de l'appareil : « Ce n'est pas ta faute, ce n'est pas ta faute, ce n'est pas ta faute… »

J'ai rôdé sous ses fenêtres, le jour la nuit. Les rideaux ne remuaient pas, rien ne s'éclairait la nuit.

Départ

SMS à Sofia

« Labousikov m'a écrit qu'il a péché contre moi par inadvertance ! Rodrigue, qui l'eût cru ?

Suis passée à travers la vitre du bureau avant-hier soir. Hier, pansements et vitrier. Ce matin, à CDG, j'attends mon avion et mon fauteuil roulant. »

La Statue de la Liberté

Huit mois plus tard, je l'ai rejointe à Manhattan dans une formidable tempête de neige, elle louait un studio au Dakota Building à des amis sculpteurs qui habitaient l'immeuble. Prétexte pour aller partout, elle préparait un reportage photo sur les ponts du monde. Elle avait acheté deux nouveaux appareils, et essayait de m'y intéresser. Depuis des années, je ne l'avais pas vue rire et s'amuser. Elle n'était qu'un pétillement joyeux, la reine de la fête que nous improvisions chaque soir. Quand elle a déclaré au milieu des flocons, alors que les promenades étaient interdites sous peine de contravention, qu'aucun véhicule ne roulait et que nous enfoncions jusqu'aux genoux dans la neige du Park, qu'elle voulait manger des crevettes au pied du pont de Brooklyn avant d'aller à l'Opéra, entendre pour la millième fois le *lamento* de Mario qui la met en larmes à coup sûr, j'ai su qu'elle avait rompu pour de bon avec ceux qui voulaient la voir morte. Un paquet de neige tombé d'un pin s'est affalé sur elle la changeant en bonhomme de neige :

« Tu détestes la grosse Pomme. Tu n'iras ni à l'Opéra ni au ballet ni au musée. Pourquoi es-tu venu ?

— Pour apprendre où tu pars vraiment. »

Je l'ai aidée à se débarrasser de la poudreuse qui l'enfouissait :

« Où ? »

Elle a chassé des flocons attachés à ses cils :

« Samarkand.

— Tu dis ?

— Samarkand, Ouzbékistan… tu crois que tu pourrais aimer ?

— Si tu prononces à la française ! Avec un « c » et pas un « k », et en faisant entendre le « e » muet final. »

Les treize rampes de Saint-Antoine

Nino ne quitte pas Rome, il n'en partira plus. Son fils, venu lui faire ses adieux, m'a confirmé que je pouvais habiter leur maison de Naples aussi longtemps que je voulais. Ce ne sera pas long. Phase terminale. Il le sait. Des States, comme il disait, où il partait le lendemain, il ne reviendrait qu'une fois. Avec l'éternel sourire mou de ses lèvres sinueuses, toujours rouges et humides, il m'expliquait que sa vie était à Santa Monica. Difficile de l'ignorer. Napolitain cent pour cent, il prenait, en dialecte, l'accent américain. Une fois, ai-je répété. Pour l'héritage, le temps de liquider les biens de son père. Ainsi, ce sera moi le dernier occupant du palazzo avant que les rapaces immobiliers ne fondent sur le plus romantique jardin de Naples. Je suis arrivé à lui sourire de mes lèvres ni molles ni humides et tellement plus jeunes que moi : embrasser conserve. J'ai beaucoup embrassé.

Son taxi l'attendait.

J'habite maintenant cette terrasse du Pausilippe que tu ne connais pas. J'ai sous les yeux la vue la plus belle du monde. Le croirais-tu ? J'ai transporté ici cette gouache du XIXe siècle qui m'a suivie dans mes déménagements, posée devant la fenêtre, je la regarde en même temps que son modèle enouatiné de cette éternelle brume qui a cessé d'être trop chaude pour moi, mais m'embarrasse la respiration et me la rend un peu sifflante, comme tu sais.

Avant de partir, j'ai congédié Lila. Trop d'attentions, de sollicitude, j'en suffoquais, elle aurait fini par mourir à ma place et toi, mon petit, je t'ai éloigné pour une autre raison. J'en ai vu défiler des jeunots comme toi attirés comme des papillons par ma notoriété, mais toi, tu es le dernier. Lorsque j'ai vu ton regard virer de bord d'admiration en compassion, j'ai voulu retrouver dans tes yeux le feu de notre première rencontre, avoue que j'ai assez bien réussi en te montrant la vidéo unique de ma plus grande gloire. Tu ne connaissais que mes films qu'on peut trouver soldés partout. Je t'ai fait découvrir mes triomphes au théâtre, ma jeunesse sur les planches, un florilège que j'avais commandé à Luino avant ma tournée en Russie. Tu étais bouche bée devant ces extraits montés les uns à la suite des autres : *Roméo et Juliette*, *Dommage qu'elle soit une putain*, *Le roi Lear*, *Mesure pour mesure*, *Les Variations énigmatiques*, *Le Marchand de Venise*, *Hamlet*. En me quittant, ce jour-là, il y a moins d'une semaine, tu ignorais que tu ne me reverrais pas, mais tu avais, comme je le voulais, la tête et le cœur grésillants de ma splendeur passée. Je veux mourir dans cette gloire. Je veux mourir vivant, d'autant plus qu'une fois le couvercle vissé, je m'enfoncerai dans l'oubli avec ce monde qui fut le mien, qui m'a comblé, qui disparaît en même temps que moi. Pour nos adieux, j'avais si bien rectifié mon image que je n'avais pas besoin de redresser la carcasse pour te donner le change, tu ne la voyais plus.

Tu as souvent écrit sur moi que je ne ressemble à personne, eh bien, tu vois, je continue. On ne meurt plus que de la Codid-19, ce maudit SARS-CoV-2, si tu préfères. Moi, c'est le crabe. Nous cohabitons dans la même carcasse depuis quelques années. Maintenant, il réclame toute la place. Lorsque la critique a remarqué que ma voix changeait, s'enrauquifiait comme celle de Garbo, j'ai consulté. Pour rien, je croyais. Je ne souffrais pas. J'étais soucieux de mon organe comme de mon bien le plus précieux, mon instrument de travail. Les femmes continuaient de l'aimer. Elles s'étaient roulées dans ses replis doux et soyeux, elles s'étiraient au milieu des accents sourds et sombres qu'elle revêtait désormais quelques fois. J'ignorais tout de la progression de la bête, cet animal sournois tapi en moi, ce malfaisant rongeur insaisissable. J'ai refusé, avec la biopsie, le risque de perdre mes dents, je les ai toutes et je mourrai avec – et celui, pire, fatal pour un comédien, d'une trachéotomie. Le chirurgien mécontent de mon refus a été désagréable, je demandais : Combien de temps ? Combien ? Je pourrai jouer encore combien de temps ? Un brouillard rouge dans la tête, j'ai cru entendre quelques mois, peut-être quelques années, si j'arrêtais la scène. Arrêter ? J'ai continué ce métier où on ne voit pas le temps passer. Je choisissais des textes de plus en plus confidentiels pour des salles de plus en plus petites qui m'évitaient de forcer sur mes cordes. J'ai fait le bonheur de quelques auteurs débutants qui n'en revenaient pas d'être choisis par moi. J'ai joué ainsi pendant quelques années. Le monstre avait des réveils, il lançait des attaques, plantait ses crochets dans ma gorge. Je l'ai défié. J'ai joué encore. J'avais un assortiment d'antalgiques, je faisais des cocktails avant d'entrer en scène. Devant mon public, j'étais possédé, j'étais sauvé, j'étais vainqueur, je lançais ma voix, je projetais les mots, il me semblait que mon timbre aurait rempli la Cour d'Honneur d'Avignon, le festival tout entier, comme avant. Ce n'était plus qu'un chuchotis. Comme d'habitude, les salles m'acclamaient debout. Des salles de plus en plus petites. Deux fois, il a fallu interrompre le spectacle. Les piqûres en coulisses n'y changeaient rien. Mon vieil Harold refusait de continuer, disant qu'il me tuait. Mais tous les soirs de représentation, il prenait sa planque, derrière le rideau, avec sa trousse : Tu me sauves ! – Je t'achève, imbécile ! Lorsque la critique s'est montrée moins enthousiaste pour mon génie, je n'ai pas attendu d'être dégradé. Mon nom ne décidait plus les directeurs des salles. Trop malade. Ils le savaient. L'info avait fuité. Impossible de garder très longtemps cette sorte de secret.

À table, je ne parvenais plus à déglutir. Lila non plus. Ses yeux écarquillés d'effroi démentaient le sourire de sa bouche. Nous avons eu encore trois mois. Je commençais de souffrir. Le chirurgien m'a expliqué la signification des radios en couleurs. J'ai pris rendez-vous pour la biopsie que j'avais refusée quelques années plus tôt et, quinze jours après, pour l'opération.

Lila devait se rendre à Vienne, pour l'anniversaire de sa mère. Elle hésitait à se décommander. Je l'ai persuadée de partir, assurant que je voulais être seul pour étudier des textes qu'on m'avait envoyés. Elle est partie presque rassurée pour deux semaines d'opéras avec sa mère musicienne et son beau-père, alto. Biopsie et opération à son retour. Libéré par son départ, je n'ai pas ouvert les manuscrits, j'ai regardé couler la Seine de mon appartement voisin de celui qu'occupait Montherlant, encore un que j'ai interprété, quels triomphes dans *La Reine morte* ! Ces cohues à la sortie des artistes, ils m'auraient porté en triomphe. Elles surtout. Je choisissais dans le cheptel.

En tournée, elles me suivaient. Une nuit, à New York, une inconnue m'a pisté jusqu'à l'entrée de mon immeuble, la poulette chaude à point, j'ai dit au gardien qu'elle était avec moi, elle a retiré sa culotte dans l'ascenseur. *Me too* n'existait pas. On baisait sans arrêt. On aimait ça, mon Dieu oui, et que c'était bon, rien que d'y penser, l'autre, qui n'a pas encore compris que je crève, moi, se met au garde-à-vous.

Paris était triste, vide. Les premières mesures de ce qui allait devenir le confinement s'appliquaient déjà. Cafés et restaurant fermés, les gens restaient chez eux. J'avais acheté des nourritures souples et molles : poulet, fromage de chèvre, bananes, je n'en étais pas encore à tout mixer pour faire passer deux bouchées. La Covid-19 occupait le devant de la scène.

Lila, au téléphone, avait la voix pimpante, convaincue que tout irait bien, le monde et moi, que l'opération allait me tirer de là. La Scala pourtant venait de fermer, en pleine saison, elle le savait, des artistes partis pour Milan avaient fait le retour dans le même avion, à peine posé et reparti, mais la Scala est loin de Vienne. Elle me racontait qu'elle avait assisté à la messe du mercredi des Cendres à Saint-Stefan bondé et avait vu coup sur coup *La Traviata*, *Turandot* et *Don Pasquale* à la Staatsoper. Sachant que la réponse serait *Turandot*, je lui ai demandé lequel elle avait préféré. Elle n'avait pas conscience de ce qui se passait. Moi si. Quelques jours plus tard, l'Autriche fermait ses frontières. Lila se retrouvait cadenassée avec sa mère comme je l'avais prévu. Tous enfermés, j'étais libre. Presque. Pas tout à fait.

C'est alors que je t'ai fait venir, pour te montrer la vidéo de mes triomphes. C'étaient mes dernières heures à Paris. Tu l'ignorais. Tu te souviens peut-être qu'un jour où nous lisions la correspondance de Guy de Maupassant, je suis tombée sur une phrase que tu as trouvée cruelle où il dit qu'il aime la solitude immodérément, parce qu'alors il peut s'ennuyer sans être obligé de parler. Moi, c'est pareil, moi qui ai déclamé tant de rôles, joué tant de personnages sur tant de scènes que j'ai, depuis longtemps, cessé de les compter, je veux mourir sans être obligé de parler. À toi non plus, cher petit.

Puisque tu le pouvais encore, je t'ai encouragé à fuir la ville, te laissant espérer que je te rejoindrais. Tu t'es réfugié, avec ta femme et tes gosses, sous tes pommiers normands. Tu as bien fait.

Nous nous sommes quittés un dimanche soir.

À partir du jeudi suivant, à midi, plus un avion ne serait autorisé à décoller de Paris. Il n'y aurait plus de bus, plus de métro, d'autos, de vélos, de trottinettes, landaus, poussettes, planches et patins à roulettes, plus aucun moyen de transport en ville, mais on pourrait peut-être, avant midi, attraper l'un des derniers taxis, en se hâtant. J'ai cliqué sur l'ordi. Il restait des places sur Air France dans l'avion de 11 h 30.

À Fiumicino, parmi les e-mails arrivés en vol, il y en avait un de mon chirurgien. L'hôpital, ayant l'obligation de garder tous les lits pour les Covid, mon opération était reportée à une date indéterminée. J'ai failli rire. J'ai pris ma voiture de location, sans une pensée pour la mienne, abandonnée dans un parking de CDG.

Nino avait vieilli. Il se faisait sans doute la même réflexion en me voyant : j'avais vieilli, pas lui. Mais moi, j'avais le crabe. Lui n'avait aucune raison. Il ne jouait plus, ne tirait plus sa trompette de son étui et laissait mourir de soif les araucarias de sa terrasse d'où on voit onduler les collines de Rome, où nous avons passé la soirée à boire et à fumer. C'est-à-dire qu'il a fumé, bu et parlé. J'aurais pu lui répondre, j'étais fatigué. Je lui ai montré ma gorge et, lui ayant dit que je voulais l'entendre jouer, lui qui ne jouait plus depuis que sa fille unique s'était tuée, je me suis enfoncé dans un fauteuil. Il m'a glissé des coussins sous les pieds, comme à un vieux. Mais quoi, j'étais bien. Le crabe me ronflait doucement dans la gorge. Pendant des heures, il a parlé. Depuis combien de temps personne n'avait prêté l'oreille à celui qui fut l'un des plus grands trompettistes de jazz du monde ? J'écoutais, les yeux clos. Quand j'ouvrais un œil, je demandais : Joue ! Vers une ou deux heures du matin, il a pris sa trompette. Sur les collines, les lumières s'allumaient. Les fenêtres s'ouvraient. Réveillés en pleine nuit, les habitants venaient sur les balcons à moitié nus, avec des verres. La police est arrivée, vers luisants allumés et gyrophares hurlants. Les gardiens de l'ordre ont quitté leur véhicule, posé les fesses sur la carrosserie pour écouter le concert aux étoiles avec les habitants du quartier.

Le lendemain, j'ai quitté Rome avec une voiture louée.

D'une station, j'ai appelé Lila pour lui expliquer j'étais sur l'autoroute. Qu'est-ce que tu dis ? J'avais avalé ce qu'il fallait de comprimés pour soutenir une conversation. De ma voix éraillée, je lui ai décrit l'auto immatriculée à Rome, moi, la hanche sur la carrosserie, le pantalon en train de nettoyer l'aile avant, qui l'appelais de quelque part entre Rome et Naples pour lui faire mes adieux. Tu n'as pas fait ça ! Si. Tu as décidé sans moi que nous ne nous reverrons plus ! Sa voix escaladait les aigus : Lila, personne ne pouvait prévoir une épidémie mondiale. Ton cancer, ça fait des années qu'il est programmé ou je me trompe ? Vibrato de colère impuissante et de froideur calculée, sa voix, parvenue au sommet, redescendit la gamme. Tu t'es débarrassé de moi, tu me parles avec des mots de théâtre. Si j'avais répondu : ça t'étonne ? la conversation aurait continué, mais j'ai scandé un octosyllabe, avec une articulation artificielle terriblement exagérée : En es-tu étonnée, Lila ? Elle a cru que je me moquais d'elle. Est-ce que je me moquais ? Si oui, c'était de moi. Elle a raccroché. Je la connais, elle rappellerait. J'ai bloqué sa ligne dans les paramètres de mon iPhone. C'était fini.

La suite de l'histoire, je la vivrai seul. Après quatre ans. Quatre ans d'infidélités de ma part, me reprochait-elle en me traitant de tous les noms, moi qui ne suis qu'acteur. M'ont-elles fatigué avec le mariage et la fidélité. Il fallait épouser. J'ai fait au mieux, j'en ai épousé trois, pas Lila. Je ne résiste pas à une poigne. Nino me l'a assez reproché. T'es un coureur, cavaleur, cœur d'artichaut, infidèle incurable, et tu te fais piéger chaque fois, non, non, pas chaque fois, dès que tu tombes sur une costaude, tu te laisses baguer comme un pigeon, t'es un pigeon ! Qu'est-ce que t'as dans le pantalon ? Tout ce qu'il faut ! Vrai, consentait Nino, c'est la tête qu'est vide. Tu épouses de pire en pire. À la troisième alliance, je l'emmenais toujours pour les acheter, il a ricané : De plus en plus larges, tes bagues, la prochaine, tu pourras la porter au poignet ! Après, on allait en bordée, on ramassait des filles n'importe où, tellement beurrés qu'on ne choisissait pas, on pouvait pas, c'est comme ça que j'ai baisé même des moches.

Un matin, pendant une tournée où on revenait d'Oulan-Bator, invités par le centre Jacques Prévert, et j'avais dû m'appuyer tout le circuit Gengis-Khan, quelque part dans le Kazakhstan, le room service cogne à la porte pour le petit-déjeuner, je me réveille dans un lit grand comme une salle à manger, grouillant de nanas hilares qui me donnent la becquée, me remplissent la bouche de sucreries, m'entraînent dans une baignoire comme une piscine, me savonnent, font mousser les bulles sur mon sexe qui bondit, me rincent, me lèchent, la suite, je sais plus, sauf qu'à Paris, j'ai foncé pour me faire dépister pas du Covid qui n'existait pas, mais du sida parbleu. Putain, j'avais peur ! Mais, j'avais rien. J'ai jamais rien eu. Sauf le crabe. C'est pas que j'oubliais les précautions, au contraire. J'y pensais, mais trop tard, quand j'avais plus le temps, que ça partait tout seul, joyeux, tempétueux, incapable de m'interrompre, je ne pouvais pas, absolument pas, j'étais jeune ! à cinquante ans, je l'étais comme à trente. Je suis jeune ! J'suis pas un p'tit vieux qui meurt. Je suis un comédien qui quitte la scène. Mon père m'avait prévenu que la vie passait vite. Je l'avais pas cru. Maintenant, je sais.

L'aire de l'autoroute était grise de poussière, derrière une haie de roseaux et de lauriers-roses étiques dont les têtes assoiffées s'agitaient ensemble chaque fois qu'un poids lourd passait. Autour, rien qu'une herbe pelée, jaune, stridulante de cigales descendues d'un grand pin parasol blessé d'où s'égouttait une résine de rubis. L'odeur grasse de la benzine, du gazole et de l'essence m'imprégnait, me bouchait les pores. Des camions hors d'âge étaient alignés dans l'aire de stationnement sans un abri contre le soleil qui tapait. À côté, des tables de bois vissées par terre, bénéficiaient d'un couvercle de cannes tressées. Les rayons qui les zébraient laissaient penser qu'il faisait plus chaud encore là-dessous. Pas un souffle.

Je rangeais le téléphone dans ma poche quand une volée de filles en short s'est échappée du bar en riant fort et en criant. Des Françaises pas encore confinées. Qu'est-ce qu'elles faisaient là ? L'une m'a regardé sous le nez. Je l'ai prévenue : Je lui ressemble, on me l'a déjà dit. Elle m'a tourné le dos en me criant : méchant type, une autre a lancé : salaud ! Elles ont rejoint la volière, les shorts étaient tellement shorts qu'on leur voyait le pli des fesses. De face, lorsqu'elles se sont retournées d'un bloc, en gloussant, ce ne fut que seins qui s'agitaient très fort sous les tee-shirts. Phase terminale et, l'autre là, dressé comme bois vert. Mais la gorge me raclait au passage de l'air.

Je suis entrée dans la station climatisée.

J'ai examiné les pâtisseries derrière la vitre, réglé un *capuccino* et un *cornetto*. Comme ils en proposaient au Nutella, j'ai compris que c'était la fin du monde. En le trempant pour amollir la pâte, le *cornetto* (vanille, pas Nutella) devrait passer. Sinon, patience, ce soir, escale au Gambrinus. Trop fatigué après la route pour m'installer dans une salle rococo dont je n'aurai pas la force de repartir, je ferai mon choix devant le comptoir qui regorge, un choix prudent, pas de *cannolli*, trop durs pour franchir le barrage du crabe ni d'*Apolline rimpiene con crema* dont la pate subtilement plissée craque sous la dent - ils me rappelleront toujours le tissu d'une robe dont j'étais affublé dans un péplum sur Néron, à l'époque où j'étais convaincu qu'Hollywood ne survivrait pas sans moi, je me prenais les pieds dans le plissé chaque fois qu'on recommençait la scène où je descends l'escalier monumental du Colisée où grillait du chrétien,- et le maquillage ! ils avaient confondu avec Cléopâtre : impossible de m'en débarrasser. Au savon sous le robinet, c'était le seul moyen, le jour où les yeux en feu, j'ai crié que j'exigeais du shampooing pour bébé pour me démaquiller, ils m'ont envoyé illico le psychiatre – tout ça pour dire que si je me reconvertis dans les *Santa Rosa* en évitant les fruits rouge du dessus, je pourrai au moins faire glisser la chantilly dans mon gosier ravagé. J'aime tant déguster des saintes en pâtisseries, les Apolline, les Rosa, même en fragments, elles me plaisent, en brioche, les seins de santa Agata m'excitent les papilles, savoureux mini-sacrilège inconnu dans les tristes pays sans religion.

Dire qu'au fond, je n'aime que le salé, que la vue des macarons, à présent qu'ils envahissent jusqu'aux rayons surgelés des supermarchés et que Ladurée a installé ses comptoirs dans les aéroports, me lève le cœur – et je traverse la France et l'Italie pour mourir gavé de sucreries des Deux-Siciles ! Qu'est-ce qu'il m'arrive ? je tourne sucré, comme un vieillard ? Que non ! Je mange mes souvenirs, je croque ma jeunesse, je dévore mes dix-huit ans à Sorrente. Comme elle était jolie, Sabine à sa première fois ! Une petite vieille maintenant ou bien la peau tirée, botoxtisée, hyaluralisée, et moi, avec les pinces qui me bouffent ma voix, ce que je veux, chez Gambrinus, c'est retrouver l'écho de mes dix-huit ans.

Sur mon aire d'autoroute, je n'ai même pas imaginé que le plus beau café de Naples pouvait être fermé pour cause de Covid et de confinement.

Je ne sais toujours pas s'il l'est ou non.

Arrivé trop fatigué pour chercher une place de stationnement dans le centre, je me suis dit que je reviendrai une autre fois.

Je n'y retournerai jamais. Je ne quitte plus la maison de Nando.

Le Pausilippe s'est refermé sur moi comme fera le tombeau.

En ouvrant la porte du bar, sur l'autoroute, une clim polaire m'avait tapé sur la gorge. Les baies vitrées étaient sales, les plateaux des tables portaient les traces des chiffons, comme dans ma jeunesse sans clim. Dans cette crasse, sinistre cadre de mes adieux à Lila, je me sentais vide. Je n'éprouvais rien. Je regardais une vigne poussiéreuse qui grimpait dans un arbre et une chèvre, aux longs poils noirs, gratter un tronc d'olivier.

Après avoir avalé mon *cappuccino* à gorgées minuscules et abandonné le *cornetto*, j'ai acheté une ceinture de cuir à la boutique, mon pantalon me tombait, j'ai mis la vieille dans une poubelle qui débordait. J'ai pris six bouteilles de San Giorgio et un paquet de ce riz rond de la plaine du Po, qui me rappelle mes succès à Paris, quand j'ai repris le rôle de Vittorio Gassmann. Walter m'a hanté, comme Lear, mais Lear a fait un bide, tandis qu'avec *Riz amer* c'était salle comble et la petite Laurine, qui se prenait pour Silvana Mangano, sans arrêt en chaleur, et moi toujours à la combler dans ma loge pendant que les haut-parleurs nous appelaient en scène tant qu'un soir elle a glissé du lavabo, elle aurait pu le démolir. Elle ne m'a pas pardonné d'avoir ri de sa cheville tordue dans la chute : tu aurais tu t'entailler la fesse, là c'était le désastre.

J'ai peiné pour transporter les bouteilles jusqu'au coffre. Un ado crasseux, barbe étique au menton, déhanché contre sa voiture me regardait en parlant dans son téléphone d'une voix grinçante. La sueur me coulait dans les yeux, six bouteilles, c'est pas grand-chose si je pense à toutes les fois où j'ai quitté la scène en portant ma partenaire à bout de bras.

Qu'est-ce qu'ils ont, mes biceps, à fondre en même temps que ma petite brioche ?

Le soir, sans un arrêt au Gambrinus, je suis arrivé chez Nino, dans ce palazzo délabré qui, tel qu'il est, m'enchante. Toi, cher petit, tu remplacerais par un intérieur d'architecte contemporain ces stucs et ces fresques endoloris par le temps, impossibles à entretenir, qui seront mon dernier ravissement.

Depuis un mois, le monde a rétréci, il va continuer jusqu'à n'être qu'un petit point noir dans lequel je disparaîtrai. Tu m'écriras une belle nécro, laisse-moi espérer que ce n'est pas déjà fait.

Le jardinier règle mon quotidien, aidé par une femme qui vient pour cuisiner, comme je ne peux rien avaler, c'est lui qui dévore les plats qu'il commande pour moi. Elle a proposé de passer mon repas, il a refusé de céder à mes caprices, je n'avais qu'à manger ce qu'on me préparait, qui était délicieux, et je l'imaginais, déformation professionnelle, pinçant les fesses de la souillon qui m'apportait à boire et m'aidait avec une paille. Aux heures des repas, la maison s'emplissait des parfums de la *caponata* et de l'odeur chaude et visqueuse de l'huile dans laquelle elle frit les calamars et les moules.

J'avais aimé ces nourritures arrosées d'un blanc du Vésuve ou de ce San Giorgo de Sicile dont j'ai cassé les bouteilles achetées sur l'autoroute en montant l'escalier du jardin. Leur parfum me levait le cœur.

Il s'appelle Baldassare, nom de roi mage et gueule de ruffian comme on disait dans les pièces de ma jeunesse.

Des cheveux mal tenus, qu'il coupe lui-même, drus comme des poils de paillasson, crêpelés, un front bas et une cicatrice ourlée sur la tempe droite. Il ordonne à la fille : Faut pas qu'on se prive sous prétexte que le monsieur de Paris il a pas faim, nous on trime, on a la dalle, alors, tu nous les grilles, ces langoustes ? Je lui en porte, une, a dit la fille, mais Baldassare : T'en fais pas pour lui, il a pas faim.

Je n'ai pas faim.

Je souffre. Chaque jour un peu plus.

J'ai perdu le compte du temps.

Une infirmière vient deux fois par jour. Une brute qui me martyrise. Baldassare dit que c'est déjà bien beau de l'avoir. Pour les piqûres de morphine. J'aurais aimé revoir la tombe de Virgile et la Solfatara. Baldassare a répliqué que dans l'état où j'étais arrivé, bousillant la calendre en me garant, tombant sur les marches de l'escalier, lui obligé de me porter sur mon lit et, après, d'aller nettoyer le vin derrière moi, c'était miracle que je sois venu entier depuis Rome, que Capri et Paestum c'était beaucoup trop loin, trop fatiguant pour moi, qu'on verrait pour Virgile. J'ai limité mes ambitions aux *Tredici discese di San Antonio*. Il jure que nous irons quand je serai reposé et que j'irai mieux. C'est l'endroit que j'ai choisi pour mon dernier spectacle.

Aujourd'hui, il me conduit enfin là-haut. Dans les virages, ses coups de volant me ballottent sur mon siège et cognent dans ma gorge, mais du sommet, où il m'extrait de mon siège, je me repais du spectacle, les rampes, les escaliers, la ville et la mer de là-haut. Ma dernière scène pour réciter *El Desdichado* et que la Terre entende ma voix encore une fois. Nerval m'a conduit ici, je me redresse, debout à la treizième rampe. La ville et le monde à mes pieds, tendent l'oreille :

« Je suis le Ténébreux,– le Veuf–, l'Inconsolé,
Le Prince d'Aquitaine à la Tour abolie :
Ma seule étoile est morte, – et mon luth constellé
Porte le Soleil noir de la Mélancolie.

Dans la nuit du tombeau… »

Je reprends mon souffle. C'est qu'il fait chaud, très chaud. Ma gorge brûle. Le soleil déclinant m'aveugle. La sueur ruisselle sur mes tempes. Baldassare me tend un grand mouchoir armorié. Où est-ce qu'il a volé ça ?

«… Dans la nuit du tombeau, Toi qui m'as consolé,
Rends-moi le Pausilippe et la mer d'Italie,
La fleur qui plaisait tant à mon cœur désolé,
Et la treille… »

Une petite fille tire sa mère par sa jupe. La mère a de gros mollets poilus avec des varices, la petite a des cheveux légers frisottés par la transpiration qui collent à ses tempes et à sa nuque. Sa bouche sent le chewing-gum à la fraise. Elle a des yeux verts bien ronds. Elle me fait perdre le fil du poème :

« Et la treille… où le… Pampre à la Rose s'allie ».

Ma voix resplendit. Les passants s'arrêtent, s'attroupent autour de moi. Le funiculaire de la Mergellina s'immobilise pour mieux entendre ma dernière déclamation. Le Vésuve retient sa fumée. Courage, je ne peux pas les décevoir. Je respire profondément. Il ne faut plus que je m'interrompe, sinon j'aurai trop de difficultés pour reprendre. Ma poitrine est en feu, mes lèvres se dessèchent, la salive me manque. Dans ma gorge rongée, il y a comme un trou incandescent. Je dois accomplir un dernier effort et déclamer d'un seul élan :

« Suis-je Amour ou Phébus ?.... Lusignan ou Biron ?
Mon front est rouge encore du baiser de la reine ;
J'ai rêvé dans la Grotte où nage la sirène...

Et j'ai, deux fois vainqueur... »

Le dernier tercet. Il faut achever. J'entends les mots dans ma tête, ils coulent, ruissellent, source d'eau vive, torrent des Alpes, ils sont la flamme jaillie de la gueule du volcan, le mariage de l'eau et du feu, je n'ai pas oublié le texte. Mais le trou dans ma gorge irradie. Ma volonté l'emporte, les mots enfin sortent de cette bouche que ronge la mort, les mots, en chapelet :

« Et j'ai, deux fois vainqueur traversé l'Achéron :
Modulant tour à tour sur la lyre d'Orphée
Les soupirs de la Sainte et les cris de la fée. »

La petite fille demande à sa mère ce qu'il a le monsieur, pourquoi il a crié et pourquoi on entend la sirène de l'ambulance. De quel monsieur est-elle en train de parler ?

« ... traversé l'Achéron... »

La petite fille, je la vois très grande. La bouche au-dessus de mon visage, elle demande : mais pourquoi il est par terre, le monsieur ?

« … tour à tour sur la lyre d'Orphée… »

… aux enfants, il faut leur expliquer qui est Orphée… Orphée…

La mère a pris le bras de la petite et l'a emmenée plus loin pour lui raconter l'histoire de la lyre et d'Orphée… l'Achéron aussi, il faut expliquer l'Achéron à la petite…

Les bras puissants de Baldassare m'ont soulevé en me prenant sous les épaules et les genoux, il disait : « Pauvre toqué, tu peux même plus chuchoter ! »

Ce sont les derniers de vivant que j'ai entendus et je suis mort.

Rue Montorgueil

Jaloux, il l'a toujours été. Mais qu'est-ce que je pouvais faire ? Me séparer de lui que j'ai élevé depuis tout petit ? C'était l'idée de Larry, mais Larry est entré dans ma vie après lui. À l'instant où il a passé ma porte pour la première fois, leurs regards se sont épinglés. Lorsqu'il a renversé le *Bloody Mary*, j'ai feint de croire à une maladresse – une maladresse, lui ? Il n'en commet jamais ! Nous avons nettoyé pull et pantalon. La moquette crème a gardé des auréoles, en souvenir. Pendant que je frottais, occupée avec la bassine, des éponges, des chiffons propres pour sécher, le repas a brûlé et, lorsque le second faux mouvement de la soirée s'est produit, je le savais non pas faux, mais entièrement délibéré. Exprès, il a fait tomber la bouteille de Bordeaux que j'avais ouverte deux heures plus tôt pour l'aérer, comme mon père m'a appris. Sans un mot, Larry m'a prise par le bras, a décroché mon manteau de la patère, me l'a enfilé, a tiré la clef de la serrure où je la laisse toujours et claqué la porte derrière nous : tiens, ta clef !

J'étais amoureuse de son accent pointé d'américain et j'aimais plus que tout le travail que nous faisions ensemble. Il écrivait, j'illustrais ses BD. Nos deux imaginations s'envolaient ensemble. Dans ces métiers où, d'habitude, on est très solitaire, nous étions deux à travailler comme un seul être, rien n'est plus merveilleux.

Le quartier nous a happés.

Ma rue Montorgueil, que j'adorais déjà quand personne encore n'avait découvert son charme sous la crasse, qu'elle était encombrée de poubelles, clochards, et vieux meubles que les gens descendaient sur le trottoir sans prévenir les encombrants. C'était l'époque où on démolissait les Halles pour en faire un trou et ensuite ce qu'on sait, merdique. On trouvait de tout sur les trottoirs, c'est comme ça que je m'étais meublée d'une table de ferme sur laquelle j'étalais mes papiers, mes plumes et mes encres, d'un fauteuil baroque, tarabiscoté, hideusement doré, que j'avais cérusé et tapissé de toile à matelas et d'un petit chiffonnier dont les pieds avaient été sciés et recollés.

Le soir des renversements était notre premier soir. Aurait dû être. Parce qu'en quittant le petit bouillon Pharamond, où on avait trop mangé et trop arrosé pour oublier comment nous avions battu en retraite de chez moi et l'odeur de vinasse qui montait de Larry, aggravée par l'eau de Cologne que nous avions versée et déversée ; conscients que nous n'étions plus bons à rien, nous sommes rentrés chacun chez soi. Je voulais finir de réparer les dégâts avant de me coucher pour me réveiller le lendemain comme si rien de désagréable n'était arrivé et reprendre mes dessins où je les avais laissés.

Il était tard et pourtant j'ai traîné dans le quartier.

En face de Saint-Eustache, je me suis assise sur une chaise enchaînée aux autres d'un café fermé et, les coudes sur la table, me suis perdue dans mes pensées. Je croyais entendre la salve stupide tirée dans l'église, à la mort de Mirabeau, qui a fait s'effondrer les verrières d'un coup. Je voyais les éclats multicolores virevolter dans les airs et s'écraser par terre lorsque la soudaine extinction des lumières de l'église engloutie dans l'obscurité, m'a réveillée. J'ai quitté ma chaise et j'ai traîné les pieds, tant m'était pénible l'idée de retrouver chez moi des choses sales. C'était d'ailleurs plus compliqué. On appelle ça un pressentiment.

Les rues étaient vides, je rentre rarement si tard. Mon pas sonnait derrière moi. Je marchais en regardant mon ombre s'allonger, rapetisser et disparaître quand je passais d'un réverbère à l'autre. J'ai enjambé le Père Noël couché en travers du trottoir, le menton enfoncé dans le cou. Je suis revenue sur mes pas. Je lui ai mis des sous dans la poche. Il les boit, et alors ? Quand je serai comme lui, la trogne enfouie dans une barbe crade et pas coiffée, je boirai au goulot moi aussi. Si c'est le seul plaisir qui lui reste, c'est qu'il a manqué une bifurcation. Si j'avais espéré conclure un pacte pour retrouver ma tranquillité en lui faisant la charité, c'était manqué, en montant mon escalier, j'étais de plus en plus mal à l'aise. En proie à une inquiétude inexplicable qui diffusait en moi, dix fois arrêtée entre deux marches, j'ai hésité à rebrousser chemin, mais pour aller où à cette heure ?

J'ai ouvert d'une main mal assurée.

La chaîne stéréo explosée jonchait la moquette, les disques éventrés étaient éparpillés, mes dessins lacérés battaient de l'aile aux quatre coins d'un désastre irréparable. Installé sur ma table, immobile, impassible, les prunelles vertes phosphorescentes, il m'a semblé plus gros que lorsque je l'avais laissé quelques heures plus tôt. L'air d'un sphinx régnant sur les Canson tachés, les calques barbouillés, les encres renversées qui gouttaient encore du plateau sur la moquette, il me fixait, tapi dans l'ombre, les fentes de ses yeux braqués sur moi lançant des flammes de triomphe devant mon travail anéanti.

Alors qu'un avertissement secret m'enjoignait de contenir ma colère, je me suis jetée sur lui. Il m'a griffée. La balafre, qui a manqué mon œil de peu, a déchiré ma joue, le sang a coulé. Je l'ai saisi à bras-le-corps et projeté à l'autre bout de la pièce. Il a tapé contre le mur avec un bruit mat. Il a rebondi, s'est adossé à la paroi, ramassé, son volume a doublé, le poil s'est dressé, sa moustache s'est raidie, il a craché. Le regard giclant de venin, sa patte lacérait la moquette. Il a rassemblé ses forces pour s'élancer. Nous avons roulé à terre. Le combat est devenu enragé. Nous devenions des tueurs. Il plantait ses griffes et ses dents acérées ; je griffais aussi et mordais comme lui. Quand nous avons pris conscience, épuisés, qu'il ne pouvait y avoir ni vainqueur ni vaincu, nous nous sommes détachés l'un de l'autre. Des poils et des cheveux parsemaient la moquette. Nous étions pantelants, sanglants, incapables de nous relever. Nous avons léché nos plaies. Il ne crachait plus, ne sifflait plus, soufflait péniblement comme un asthmatique. Je hoquetais, mes joues ruisselaient. Nous évitions de nous regarder, sombrant dans la béatitude trouble des gladiateurs qui vont mourir.

Je me suis réveillée dans sa chaleur. Il avait fait son nid contre moi et dormait en ronflant, d'un ronronnement puissant de chaudière qui m'a réveillée. Il m'inspirait une horreur telle en répandant sa touffeur dans mon corps que j'ai bondi sur mes pieds. Réveillé brusquement, il a roulé sur le côté. Dans la fente des yeux, il a mis quelque chose d'humain. C'est avec ça qu'il me tient depuis que je l'ai récupéré, bébé, dans une poubelle de la rue Greneta.

La suite a pris quelques secondes. Il était si gros et si fort que je n'ai pas réfléchi. Si je l'avais fait, j'aurais échoué alors qu'agissant par instinct, mes forces décuplées, je l'ai soulevé à deux bras et projeté à travers la fenêtre dont les irremplaçables carreaux ont volé en éclats.

*

Le premier mot de Larry, quand je lui ai demandé si je pouvais aller chez lui, n'a pas été de me demander si je savais quelle heure il était, mais : je viens te chercher ! Non, ne viens pas ! est-ce que je peux venir, moi, chez toi ? Viens, c'est facile, il n'y a qu'un occupant par étage, ma porte sera ouverte, tu n'auras qu'à pousser.

J'ai poussé.

Il était là, immobile, couché sur la table, un sphinx, énorme. Il me regardait entrer. Les fentes étrécies de ses yeux de phosphore braqués dans ma direction, il a émis un feulement formidable et, d'une monstrueuse détente, il a bondi sur moi, toutes griffes dehors, la gueule ouverte sur les crocs acérés.

Ma chère Louise

Le dimanche 19 janvier 1913.

Ma chère Louise,

Sans le savoir peut-être vous m'avez joué l'autre soir la scène de la petite fontaine de *On ne badine pas avec l'Amour*. Il m'a manqué pour vous répondre, délicieuse Camille, la grâce de Perdican et le talent de Musset. Peut-être devons-nous nous en féliciter puisque *On ne badine pas* s'achève en tragédie alors que nous aurons, le Ciel nous le permette, une longue vie de bonheur conjugal. Il n'est pas facile pour un homme de mon âge de se confesser franchement à une jeune fille du vôtre. Mais vous désirez connaître celui que vous allez épouser pour la plus grande joie de nos familles et voulez partager avec moi, non seulement l'avenir radieux, mais les ombres de mon passé. Ah ! ma tendre aimée, est-ce folie que cette demande et les souvenirs vont-ils se laisser débusquer sans dommages ? J'imagine quels méchants ragots ont été colportés à vos oreilles et j'en rougis non pour moi, mais pour les cancaniers. Vous savez que ma jeunesse a été marquée par mon goût pour la culture allemande. Toutefois, ce n'est pas parce que j'ai laissé de tendres conquêtes outre-Rhin que la tension franco-allemande m'affecte, mais parce que nombre de mes amis sont allemands et j'imagine mal comment je pourrais lutter contre mon admiration pour une nation qui a produit tant d'artistes et qui m'a procuré tant d'occasions d'aimer (entendez-le dans le sens le plus noble du terme). Je corresponds encore avec mes amis de Weimar et d'Heidelberg et je serai heureux de vous conduire un jour à Holzkirchen où vit celui que je considère comme mon frère, Frantz. Je ne pense pas devoir me défendre de l'amitié que m'inspire sa jeune sœur, Barbara, aujourd'hui mariée. Vous ne désirez pas non plus, je pense, que j'évoque pour vous de passagers entraînements aussi vulgaires à raconter qu'abaissants à entendre par la fiancée qui portera les fruits d'un amour sanctifié à l'autel et vous m'accorderez, ma tendre Louise, votre pardon dans un chaste baiser à ravir sur vos lèvres exquises.

*

J'allais conclure vous assurant de la loyauté de mon amour lorsque ma main s'est arrêtée assez brusquement pour marquer le papier d'une larme d'encre. Finir ainsi, bien sûr, c'était mentir. Qu'avais-je dit que vous n'étiez en mesure d'imaginer ? Voulais-je vous tromper ? La véritable, l'unique confession que je dois à celle qui va devenir ma femme devant Dieu et devant les hommes pour le meilleur et pour le pire, ma femme jusqu'à ce que la mort nous sépare, n'en est pas une, c'est une image, le souvenir d'une image qui, parfois, me hante. Combien j'eusse préféré ne point alarmer vos pensées virginales avec un rêve d'autant plus redoutable qu'immatériel, mais dont je saurai, dans l'incarnation de notre amour, dissiper le fantôme. Vous l'exigez : il faut donc vous avouer la seule rencontre troublante qui a précédé notre engagement mutuel. Cette unique confession n'est pas une fuite pour éviter de vous confier le reste, il n'existe pas de « reste » mais cela seul, chère Louise, cela seul, dont j'ignore si je pourrai l'éliminer entièrement de mon être...

*

Il y a quatre ans, peu avant Noël, je quittai la grisaille et le froid d'un Paris d'une tristesse infinie (vous souvenez-vous de cet hiver, pas même brutal, mais morne et lugubre ?) , pour de véritables frimas. J'allais rejoindre le fils de l'ambassadeur de France à Copenhague, dont la famille est alliée à la mienne, et je me promettais des merveilles de ce séjour à l'ambassade de Kogens Nytrov, qui passe pour la plus belle, après le palais Farnèse. Les descriptions d'Achille excitaient ma curiosité ; ce n'étaient que bassins pris en bloc par les glaces, vents féroces qui soulevaient des rafales de neige à vous aveugler, mâts enrobés d'une chape de gel comme fruits déguisés, mer pétrifiée. Il racontait que, pour gagner un restaurant de Malmö où il avait ses habitudes, sur la rive d'en face, le brise-glace devait tailler la route devant son bateau. Il décrivait des façades rose, blanc, jaune, vert pâle, des églises, des clochers, des statues recouvertes d'une telle épaisseur de neige qu'elles devenaient méconnaissables. Je me représentais la petite Sirène frigorifiée sur son rocher.

Le jour tant attendu arriva enfin. Je consolai ma mère qui essuyait une larme comme à chacun de mes départs, mais qui, ce jour-là, débordée par les ordres à donner, car elle recevait, courait de tous côtés, appelée par les bonnes, le cuisinier, l'intendant, navigant au milieu des livreurs tandis que mon père, retiré dans le fumoir, feuilletait les journaux. Je passai un moment agréable avec lui. Il évoqua *Hamlet*. Ayant visité Elseneur l'été, il se souvenait d'un froid mordant fin juin, de vagues hautes déferlant sur la côte, de l'herbe qui croissait au pied du château aux murs de brique rouge et aux toits verts, me signalant que je ne devais pas m'attendre à trouver un décor shakespearien, mais un édifice renaissance et nordique.

*

Ayant fait mes adieux, j'attendis l'heure du départ. Mes malles étaient bouclées, je fermai mon sac de voyage, enfilai mon manteau, appelai le chauffeur et je me retrouvai gare du Nord dans cet indescriptible charroi, odeurs, fumées, sifflets, appels, qui font battre le cœur d'impatience. Je n'éprouvais aucun pressentiment en pénétrant sur le quai encombré, poussé par l'impatience de l'aventure et de la découverte. Étienne, qui n'était point requis par les soins de la réception, fit embarquer mes quatorze malles, après quoi, comme il restait du temps, je le renvoyai à la maison. J'avais Copenhague dans la tête, l'appel des bateaux, les feulements sourds des sirènes. Je descendis de mon wagon pour arpenter le quai glacial dont le mouvement m'enchantait. J'avais vingt-trois ans, un âge auquel vous n'êtes pas encore parvenue, ma chère Louise, et toujours tenaillé par la passion des départs, je m'emplissais d'un spectacle dont je ne me lasserai jamais.

J'allais et venais, fumant une cigarette anglaise dans l'illusoire espoir de me réchauffer, car un blizzard cinglant raclait les flancs du train, chassant les voyageurs à l'intérieur, lorsque, faisant demi-tour, je me trouvai en face d'une jeune fille en train d'éclore. Il y avait tant de grâce en elle que, sans comprendre comment elle avait pu s'échapper de mes doigts, je vis fumer ma cigarette par terre, à mes pieds. Lorsque je relevai les yeux, la jeune fille affrontait une matrone engoncée dans des vêtements grossiers. Ce qui m'impressionna le plus dans cette courte scène, c'est qu'une voilette épaisse, que le vent faisait tournoyer autour d'elle, masquait son visage. Le soir tombait vite. Le froid redoublait. Tout le long du train, le blizzard écourtait les adieux ; amis et parents qui avaient accompagné un être cher au train s'enfuyaient en courant tandis que les voyageurs se pressaient pour grimper à l'abri des wagons. Contrairement aux autres, la jeune fille demeurait sur le quai. Trop loin pour comprendre ce qu'elles disaient, j'entendais le ton rude de la femme et je souhaitais qu'elle brutalisât la créature qui me semblait exquise pour que je puisse intervenir. Hélas, après de nouvelles criailleries et un mouvement d'humeur, la matrone saisit l'inconnue par le poignet et commença de grimper dans le train, la remorquant après elle. Une bourrasque redoublée s'engouffra sous les architectures de fer, se jeta sur nous, nous passa sur le corps, sépara les deux femmes, l'aînée achevant son ascension, la très jeune agrippant la barre de l'escalier. Tandis que s'envolait son voile, je vis un ange tel que j'en ai contemplé sur les peintures qui ornent les églises d'Italie et qu'on admire dans les musées, une de ces vierges préraphaélites aux yeux ardents, aux cheveux d'or, à la bouche parfumée aux couleurs de grenade. Comme s'il avait voulu la livrer tout entière à mes yeux, le vent, en même temps qu'il s'emparait de son voile, le retournait, le tordait sur sa nuque comme une tresse, risquant d'arracher l'épingle de la coiffe, soulevait furieusement la robe sous le manteau à l'endroit où s'arrêtait le boutonnage et retroussait l'ourlet au-delà de petites bottines parme fermées par des boutons ronds qui dissimulaient le laçage, découvrant la finesse de la cheville et la bombure d'un mollet gainé de soie. Ainsi dévoilée à mes yeux, elle semblait prête à s'envoler dans ce tourbillon enragé et oscillait, retenue seulement par sa main cramponnée à la barre, de l'autre luttant contre le vent, sans savoir si elle devait d'abord ramener son voile à la raison où la jupe sur ses pieds. Ballottée comme sur le pont du navire d'une mer démontée, voyant le moment où elle allait lâcher prise, bien que cramponnée des deux mains, je me suis porté en avant pour lui éviter la chute. Le pan de son manteau, qui me fouetta la bouche, m'émut jusqu'aux entrailles. Je parvins à lui rendre son équilibre, mais le vent béni, qui la serrait contre moi, l'empêchait de pénétrer dans le wagon. Elle m'adressa un regard qui était une promesse et balbutia quelques mots que je n'entendis pas, une rafale ayant collé ma bouche sur la sienne. Mais le dragon était sur nous, m'arrachait cette créature céleste rabattant sur ce visage adorable la terrible voilette.

Le train sifflait, allait partir.

Le contrôleur, quand je l'interrogeai sur les gares où nous faisions arrêt, me demanda, déjà complice, si je désirais autre chose. Au lieu de lui glisser une obole persuasive, je l'éconduisis noblement. Quelle sottise ! Comme si je n'avais jamais graissé la patte d'un subalterne pour repousser ses avances. Mais comment supporter que ce graveleux servît d'intermédiaire dans un amour (en un regard j'étais pris corps et âme), aussi limpide que celui que m'avait inspiré l'inconnue ? Le contrôleur parti, je décidai de me lever à chaque arrêt, si mon inconnue quittait le train avant Copenhague, je la suivrais.

Quatre ans plus tard, je m'en veux encore de cet orgueil. Mais, tout gonflé des certitudes de la jeunesse, résolu à ne point m'endormir, formant des vœux ardents pour que cet ange descendît comme moi, à Copenhague, et décidé à la suivre où qu'elle aille, je commençais ma nuit dans une telle excitation qu'il semblait que rien ne pourrait me pousser au sommeil. Je m'endormis. Quel ne fut pas mon désespoir lorsque le contrôleur frappa à la porte de ma cabine, annonçant que nous arrivions dans trois quarts d'heure. J'avais dormi ! Il me restait un seul espoir : qu'elle n'ait pas quitté le train.

Vous n'avez pas idée des prétextes que je trouvais pour justifier, auprès d'Achille venu m'accueillir, mes tergiversations à quitter le quai avant qu'il ne fût vidé de ses voyageurs, de mes regards anxieux jetés de tous les côtés, de mon désir de retourner dans le train m'assurer qu'elle ne s'y attardait pas. Je me décidai enfin à suivre mon ami hors de cette gare où sombraient mes espoirs. Pendant mon séjour, je parvins assez bien à dissimuler à mes hôtes la détresse qui me rongeait. Les fêtes de Noël, si attirantes dans les capitales du Nord, ne parvenaient pas à m'arracher à mon obsession. Dix fois par jour, je croyais apercevoir mon inconnue dans la rue, sur un bateau, à un dîner, un bal. Je ne vous dirai pas les histoires fantastiques que j'échafaudais à son sujet ni combien je sollicitai le hasard et suppliai les dieux de me la rendre.

De retour à Paris, mon délire se confirma. Gare du Nord, à l'heure où revient le train de Copenhague, je la cherchais. Elle ne revint pas ou revint quand j'eus renoncé à l'attendre. Pendant de longs mois, chaque fois, que j'entendais le mot Copenhague, c'était comme un couteau qui m'entrait dans la chair et ressortait rougi.

*

Et maintenant, direz-vous ? Maintenant, je vous appartiens, chère Louise. La souffrance est devenue un baume, les années l'ont recouverte de leurs voiles apaisants. Peut-être reste-t-il, autour de l'ancienne blessure, une zone fragile, un bourrelet de douleur sur lequel il n'est pas bon de s'attarder – sans quoi le spectre du passé pourrait, qui sait ? se réveiller et rameuter mes nuits. Je ne sais. Je n'ai sollicité ce souvenir, ce soir, que pour répondre à votre seul désir.

Vous seule connaissez l'unique secret de votre fiancé qui fut un séducteur et ne l'est plus. Ce secret, je le confie à votre cœur d'enfant. Vous souhaitiez l'entendre, n'est-il pas trop douloureux à partager avec celui qui vous aime pour jamais ? Je vous ai donné ce gage que vous réclamiez. De mon côté, s'il existe quelque mystère dans votre jeune vie, il est vôtre, préservez-le de toute investigation, fût-ce d'un mari qui pourrait devenir jaloux. Si vous avez rêvé, aimé, si votre cœur a battu avant notre rencontre, je suis résolu, en très prudent fiancé, de n'en apprendre rien. Ne considérez pas cette réserve comme un manque d'intérêt pour ce que fut votre vie de jeune fille, mais un respect infini et la volonté de regarder avec vous l'avenir qui sera le nôtre.

Croyez-moi, ma tendre Louise, votre très dévoué et attentionné,

Charles-Louis

*

Le capitaine Charles-Louis de N. trouva la mort pendant la bataille de la Marne au cours d'une sortie héroïque qu'il fit à la tête de ses hommes. Avant de mourir, il reconnut l'officier allemand qu'il venait de blesser mortellement, Frantz von A., le frère aîné de Barbara avec laquelle il connut une brûlante amitié au bord d'un lac de Bavière. Il reçut la croix de Guerre et la médaille Militaire à titre posthume. Il laissait derrière lui Louise M., jeune veuve qui venait de mettre au monde un garçon de sept livres, conçu lors d'une permission.

Jidi

Le plus marrant, c'est le bruit, il me plaît bien dans les oreilles. Comme si que je tapais dans un galet et que ça fait comme un écho. Parce que ouais c'est pas une pierre sur quoi que je cogne. C'est un animal ki disent. Tu parles, d'une bête ! A bouge pas quand que je la tape. Crie pas. Dit rien. Fait rien. Se rencogne. On voit plus sa tête au bout du cou plissé, ni ses pattes, la coquille c'est comme si que c'était vide dedans. À quoi que ça ressemble comme ça ? à un galet avec des lignes incrustées sur le dos, une déco quoi.

— Vas-y, criait Lamed, en se curant le nez avec l'index jusqu'à se faire saigner, vas-y ! Vas-y qu'on voie comment qu'elle est quand c'est qu'elle est à poil !

Pisdru i regardait. I fait jamais rien d'autre. C'est moi que je fais tout… Pisdru i sautait d'un pied sur l'autre, avec ses tongs, i rythmait les coups, quoi. Il avait des jambes maigres comme les bambous ki poussent le pied dans l'eau et les genoux pointus sous son bermuda qu'il avait passé des heures à effranger sur le banc k'est à côté du bassin des poissons rouges même que son père lui en a collé une sévère. Pisdru, i nous gonfle, i fait jamais rien, c'est un qui contemple, on a bien essayé de le débarquer, Lamed et moi, mais quand il a des Mars i nous en donne et chez lui i dit que c'est pas marrant. Chez nous non plus et depuis kia plus école, on sait pas quoi faire, faut comprendre. En tout cas, il est resté. I dit qu'à trois on fait une bande, qu'à deux on fait rien du tout. I dit que le square où qu'on s'amuse il est à tout le monde. C'est pour ça kia jamais personne. Les gens traversent d'une rue à l'autre, ça fait raccourci. I restent pas. Pourtant c'est plein de bancs. Couverts de merde. Ma frangine, elle dit qu'on dit des fientes, moi, quand je chie, je fais des merdes, donc je continue à dire que les bancs sont pleins de merde d'oiseaux. Comme elle est sèche, on peut s'asseoir quand même, les gens i savent pas, alors i s'arrêtent pas et les bancs i sont à nous. Sauf quinze jours l'été quand i font de la musique dans le square et que les équipes de la mairie nettoient le bassin dessiné tordu avec une eau ki pue, et des plantes minables ki poussent dedans, tellement sale qu'on voit à peine les poissons rouges quand ils se bougent et pas du tout les tortues ki se planquent entre les tiges et ki faut guetter dans les rayons de soleil, sinon macache. C'est plus facile d'attraper un poisson avec un filet à papillon fauché au buraliste, mais le poisson, i se tortille et c'est tout de suite fini, surtout si on l'enfile sur une baguette du Pavillon chinois, et puis il est tout nu, pas besoin de le découquiller pour voir à quoi ki ressemble.

Une fois par an, i nettoient, avant l'été et la musique, pour que les touristes i croient qu'on a tout propre chez nous, qu'on est pas dégueulasses.

Lamed continuait de crier : vas-y !

Et moi j'i dit :

— T'i vois pas clair ? J'ai cassé le bâton.

— Par terre, tu l'as cassé, tu tapes à côté.

— I glisse, tu vois pas ? Saloperie de bestiole ! Si elle était pas ronde, je te l'aurais foutue à poil et on verrait à quoi qu'elle ressemble quand elle est pas dans sa planque. C'est dur comme du ciment cet HLM qu'elle se trimballe sur le dos, du béton tu croirais, pas comme un escargot que tu le craques entre deux doigts. La salope, elle m'a fait péter mon bâton.

— Ben, on va en chercher un autre.

Je m'appelle pas Ben. I comprend pas, à cause de sa grosse tête qui penche. I a pas trop de choses qui peuvent entrer dedans à la fois. Pourtant dans une grosse tête i devrait i entrer deux fois plus que dans une autre.

Lamed a dit aussi que ouais la plage était crade, qu'on trouverait un bâton facile.

Je les ai suivis.

On sortait du square quand Pisdru m'a attrapé le bras vu ki faisait chaud et que j'avais pas de manches :

— T'as vu la mémé sur son balcon ? Elle va nous jeter son seau à la gueule.

— Putain, la peau de vache !

— On peut rien faire ?

— Si, qu'j i dis, on va appeler les flics.

Il a pas compris la blague. Les flics, c'est la mémé qui les appelle. Le temps qui z'arrivent, on a filé. À elle, on lui montre le doigt, comme papa aux zotos le bras. Elle est méchante, la mémé, elle nous inonde, elle nous zengueule. Pareil que la petite salope d'en face qui s'est bronzée à poil pendant le confinement. Elle mettait une rabane à cheval sur la barre du balcon pour soi-disant qu'on lui voie pas les fesses. Elle vient plus depuis que c'est déconfiné. On la matait dur. Ça nous passait le temps qu'on s'ennuyait. Elle bronzait en musique, une fois même, le soleil couché, elle a quitté son transat pour se tortiller. Au début, je regardais moyen, mais ses doudounes se balançaient comme deux loukoums géants, j'pouvais pas m'empêcher de reluquer.

Elle a fait tout comme sur les pornos que se passent les parents quand c'est ki croient qu'on dort. Elle a soupesé les melons ki basculaient si fort qu'on aurait dit ki zallaient se détacher, elle a touillé les pointes entre deux doigts, tous les autres en l'air en se léchant les lèvres et en ouvrant la bouche si grand qu'on pouvait i compter les dents. Quand elle s'est retournée, on voyait plus le string ki lui collait au cul même quand elle a montré les fesses en mettant la tête sur ses pieds avec les cheveux ki bouclaient par terre entre les orteils aux ongles noirs. Quand elle s'est mise debout, elle a tiré sur l'élastique du slip. Elle m'a vu. Elle a coupé la musique et crié qu'on revienne quand on serait assez grands pour bander. Avec du flouse, qu'elle a dit de sa voix qui hurlait, du flouse, du pèze, du fric, du pognon, t'as compris, p'tit con.

L'autre, on l'a pas vu venir avec ses bottes en caoutchouc qui font flac flac-flac, flac flac-flac vu ki boite d'un genou, son pantalon k'est enfoncé dedans, son gilet jaune de va te faire foutre. C'est le chef nettoyeur des squares. On se doutait ki zallaient purger le bassin vu ki puait plus que jamais. On avait repéré la brouette, les sacs, tout le bazar, i devait rôder pas loin avec son inférieur, mais bon, nous on y allait comme d'hab.

— Vas-y, qui criait Lamed.

J'y allais avec le nouveau bâton. Pisdru i sautillait dans ses tongs, la bouche ouverte, bien content. Moi aussi j'étais content, avec ce bruit qui me plaît bien, à chaque coup.

Le bâton i m'a valsé des mains, arraché que j'en ai eu les paumes en sang et les coups me sont tombés si forts que j'arrivais pas à l'ouvrir pour gueuler comme que je sentais ki fallait. Le premier sur la tempe et, comme je rendais mon burger au fromage ki me salopait les genoux, un autre en pleine poire. Par terre que j'étais. I cognait dur. Fallait pas compter sur les balcons. I m'aiment pas. La mémé se montrait pas, la transat était vide et tous les autres i zétaient vides aussi pareil que des yeux crevés. Lamed i s'est débiné le premier. Pisdru i s'est ébranlé derrière quand il a vu que l'inférieur du municipal arrivait en renfort.

Au vieux, l'inférieur, il a dit :

— Tu fais quoi, là ?

L'autre i s'est arrêté de me cogner. I m'a regardé comme si que j'étais une surprise, comme si ki m'avait jamais vu et ki m'avait pas tapé.

— Je dresse un petit salopiau.

L'inférieur, il a continué :

— C'est qu'un gosse, tu vois pas ?

— Un petit salopard.

Mon nez, il allait pas, j'ai mis la main, c'était gluant autour, j'ai léché ce ki coulait, c'était pas la morve, putain, i me l'avait cassé.

— Je lui montre l'effet que ça fait de prendre des coups, ki disait le chef à son inférieur ki lui avait retiré le bâton et le tenait à distance en appelant une ambulance sur son portable.

J'ai soulevé la tête que j'avais lourde, lourde, plus lourde que celle de Pisdru.

— Mais moi, que j'y ai dit au municipal, j'suis pas une tortue, j'ai pas une carapace.

Après, j'ai vu ke du noir.

Rouge Ferrari

Itxassou, dimanche 14 juillet 1968

Maman chérie,

Kakou a collé, d'accord, d'accord. Mais moi, j'ai réussi et je suis punie avec lui. Alors, j'ai rien à dire. Je reste avec lui, je le défends, c'est mon jumeau et puisque je partage son exil, alors qu'il pourrait partager une récompense avec moi qui la mérite, hein ? pourquoi pas ? j'ai dénoncé cette injustice et maintenant je déclare que j'ai rien à déclarer, que je parle pas au téléphone, encore moins à papa même si Mamie en fait une maladie. C'est comme ça. Mamie, j'aurais préféré la connaître dans sa jeunesse, quand elle dansait le flamenco, elle devait être marrante avant que vous ne l'ayez endoctrinée bourgeoise. Je peux te le dire tout de même, Kakou et moi, on s'embête ferme. Tu t'amusais peut-être à Itxassou, dans ta jeunesse, pas nous : les rouleaux de l'Océan hors de portée, privés de surfer sur les vagues, on a horreur des randos, on se traîne plus jusqu'au Pas-de-Roland, ces vacances punitives, c'est comme les concessions à perpétuité, pas joyeux.

Le pire, ce nom qui rêve de Mexique : Itxassou. Le Mexique, tu parles ! On s'est tout de même inventé une pyramide, Kakou et moi, la jungle, des Aztèques, le serpent à plumes, Quetsalcoal, Moctezuma et Cortès, les dieux en colère : Huizilopochtli et Tezcatlipoca, l'or de la tombe de Tenochtitlan fondu en briques par les Conquistadors : six cent mille pesos d'or. C'est pour dire, le Mexique nous a occupés une bonne semaine et après, quand on en a eu fini avec le trésor d'Axayacatzib, Kakou et moi, patatras, on se réveille au Pays basque ! J'espère au moins t'avoir épatée par nos connaissances sur les Incas, tu vois qu'on sait tartiner large. Souvent, c'est par modestie qu'on n'étale pas et je te signale que Kakou est très fort, même s'il n'est pas formaté pour bachoter.

Maintenant qu'on a fait le tour du Mexique dans notre trou à rats, on a dehors le sempiternel bruit de la rivière, l'air frais des sommets, tant vanté par Mamie et la municipalité, sans parler d'une flûte qui lance des kyrielles de fausses notes le soir. Ce qui ne vaut pas ton piano à queue laqué vert pomme et les soirées où tu enchaînes les opus du di-vin-mo-zart. Mais, tu vois, cette flûte qui sonne faux me fait le même effet que l'ornement de ton salon, elle me donne envie de couper le son. Kakou, pareil, il se rend sourd pour arriver à plus t'entendre, avec ses écouteurs vissés dans les conduits auditifs. Ce qui me plairait, serait d'écouter Mozart demain pour la première fois, histoire de savoir si je l'aime. Remarque, je ne demande pas l'impossible, je n'exige pas d'être la seule personne au monde à l'aimer, je veux seulement éviter le parcours fléché. Tout ça pour te dire que, quand j'aurai une maison, on n'entendra que les bûches du feu et les ronflements de mon lévrier. Parce que j'en aurai un ! Tu vois ce que c'est de priver les enfants même d'un hamster dans une cage.

Bon, tu as deviné que c'est exprès que je m'en vais à l'heure où tu appelles et où Mamie crie pour que je revienne.

Mais je t'aime très fort, Maman,

Pauline

*

Paris, le dimanche 24 décembre 2000

Trente ans que je n'ai pas donné de nouvelles, ce soir, il le faut. Je commence pas par : « Maman chérie et cher papa », ça vient pas. C'est que, depuis les funérailles, je mène une drôle de vie, vous n'apprécieriez pas, maman surtout, papa répéterait ce que dirait maman, comme d'habitude. Je vais écrire aujourd'hui, pas certaine que vous comprendrez, et après, plus jamais.

Il y a trente ans, j'en avais dix-sept, je suis partie en pleines festivités des funérailles. Frédéric dans sa boîte, j'avais envie de hurler. La veille, tu avais déclaré qu'on ne porterait pas de noir, qu'on se mettrait en petits tailleurs décontractés sous prétexte que Kakou ne s'habillait pas. Mais qu'est-ce que tu as connu de ton fils, Maman ? Je l'ai vu, moi, dans des fringues à faire retourner la Croisette, l'année de la grande punition.

Ce que vous ne savez pas, je vais vous l'apprendre, il est temps. Nous avons fait des escapades tout l'été. Oh ! pas tout seuls. On n'avait pas d'auto, vous nous aviez débarqués à Itxassou et Mamie nous gardait, précieux chargement, un peu encombrant aussi de sorte qu'elle n'était pas fâchée lorsque l'un ou l'autre de vos amis, en vacances dans la région, proposait de nous emmener quelques jours. Kakou et moi sautions de joie.

Tu ne sais pas que, cette année-là, quand nous n'inventions pas le Mexique, nous préparions notre enterrement ! On ne voyait pas où la vie nous menait. Au même endroit que vous, pas question d'y aller. Alors on se disait qu'à la fin de l'été, on serait enterrés ensemble, ça ne nous rendait pas tristes, au contraire. Frédéric s'est arrangé pour que ça se passe autrement, j'ai cessé d'en souffrir, mais je peux te dire qu'il en voulait, des falbalas qu'on avait vus dans un film qui se passait en Sicile : tout le monde en noir, les femmes avec des voiles, des draperies immenses au mur de la maison, un catafalque tarabiscoté, avec des plumes en argent aux quatre coins, tiré par des chevaux tout harnachés d'argent et de noir. On voulait s'en aller comme ça, ensemble, le même jour, et il y aurait un joueur de saxo pour nous accompagner sur le chemin caillouteux, loin, très loin du XVIe arrondissement. On y tenait, à ce musicien. Je le voyais aveugle avec de gros yeux blancs qui riboulaient et un petit chien, tout petit, qui remuait la queue comme un jouet mécanique. Kakou, pas d'accord, prétendait que les chiens d'aveugle sont grands, que notre joueur de saxo n'était pas aveugle, n'avait pas de chien, que c'était un Noir du Mississipi. J'avais rien contre le Mississipi et ses bateaux à aubes ni contre un Black, du moment que ça ne l'empêchait pas d'être aveugle avec de grandes lunettes pour épargner ses yeux et un petit chien mécanique qui remuait la queue.

Pour échapper aux *single*s, on réfléchissait à un cercueil pour deux. Je me demandais si c'était possible, je n'avais jamais vu ça, jamais entendu parler d'une caisse semblable même pour Juliette et Roméo. Kakou, qui tout de même était un spécialiste du travail du bois avec ses maquettes, assurait que cela se pouvait. On discutait pour mettre au point les détails. Il était plus lourd que moi, il fallait éviter que je lui tombe dessus ; être attachés l'un près de l'autre, même morts, on refusait, on envisageait une demi-cloison pas très haute entre nous, une épée de Tristan, si tu vois ce que je veux dire.

Entre deux considérations techniques sur notre caisse,

dont il fabriquait des maquettes derrière le bûcher où Mamie risquait pas de nous surprendre, j'essayais de lui faire rattraper son retard en allemand, ça rentrait pas, vous auriez mieux fait de lui laisser apprendre l'espagnol comme il voulait. La langue de Goethe, il n'y arrivait pas, les *jodels*, Wagner, la forêt noire, Neuschwanstein, Unter den Linden, il en baillait alors qu'il était comme un gosse, à naviguer sur les fleuves du Mexique, en conquistador, il savait tout sur l'art mozarabe, les rois catholiques, la reconquête. Il s'efforçait même d'avaler *Don Quichotte* qui l'assommait. Ou alors, il aurait aimé faire cosmonaute, mais les déclinaisons allemandes… Moi, j'ai jamais changé, j'ai toujours voulu être ce que je n'ai jamais été : peintre.

Vous me direz, à quoi ça pouvait bien servir que je lui apprenne l'allemand puisqu'on allait mourir ? Fallait passer le temps sans rien changer jusqu'au dernier moment, on savait pas quand ce serait.

Il buvait sec quand il remuait son échec dans sa tête. Faut dire que papa s'était employé à ce qu'on n'oublie pas. Toute l'année, des engueulades au sujet des maquettes, et lui, Kakou, c'était tout ce qu'il aimait. J'étais dans sa chambre et il arrimait les haubans du grand cacatois du *Superbe* qu'il venait de me donner pour mon anniversaire, quand papa, qui a su le premier que son fils chéri s'était ramassé au bac, a fait irruption, criant que ce taré avait passé plus de temps à construire son bateau qu'à préparer le bac, et c'était vrai ! Avec quelle patience et quelle habileté, il avait sculpté et peint la minuscule figure de proue, à la loupe comme vos miniatures de Palekh, soignant chaque détail, les yeux allongés, les écailles de la queue un peu relevée, et comme il avait mis en place les canons miniaturisés dans les microscopiques sabords. Papa m'a bousculée, j'ai crié que le *Superbe* était à moi, il a attrapé le grand mât, j'ai entendu craquer les vergues dans son poing, et l'a lancé contre le mur. J'ai cherché la sirène de proue au milieu des éclats qui sentaient encore la colle et le vernis pendant que Kakou sautait par la fenêtre au milieu des zinnias.

*

C'était il y a trente ans, moi seule portais du noir avec à la main un plumet des funérailles siciliennes dont il avait rêvé pour nous. Mamie en lie-de-vin, très chic, Chanel peut-être, et toi, maman, Christian Lacroix, Guerlain et blanc cassé, couleur du deuil en Chine, mais on n'est pas Chinois. Mamie te serrait dans ses bras : « Ma petite Julie, ma chérie, je suis près de toi ». La petite Julie, ma maman chérie, était parfaite, comme toujours parfaite, imperceptiblement maquillée, une laque discrète sur les ongles pointus, implacablement coiffée... Au bord du trou, à quatre pattes, la gueule tendue vers le ciel, je hurlais à la lune en plein jour. Frédéric, mon double, mon jumeau, on l'emportait dans la caisse sans moi...

Kakou m'avait trahie. Il était mort sans moi, pas par inadvertance, il avait décidé de me laisser la vie. J'en avais rien à faire. Elle était bousillée.

Les invités à la réception qui a suivi la cérémonie religieuse me semblaient plus nombreux que ceux venus au cimetière et j'ai vu maman, les yeux bouffis d'avoir pleuré toute la nuit, soudain, le regard vacillant allumé de satisfaction qui murmurait (j'ai cru que j'entendais trouble à travers mes larmes) : « J'ai réuni un superbe plateau ! »

Marc Hain est arrivé au moment où tu rayonnais, Maman. Il portait, avec une de ses écharpes de soie, sa grosse chevalière aux fausses armoiries qui serrait trop son index boudiné et sa verrue écarlate au-dessus de la lèvre, à gauche. Tel qu'il avait été sur la Croisette. J'ai crié, sans émettre un son, mais hurlé : « Pas lui et pas ici ! » Il s'est approché. J'ai reculé pour ne pas qu'il vienne fourrer ses pattes sur mon épaule et ses lèvres molles sur mes joues. Quand il a refermé ses bras grassouillets et sans muscles sur maman, comme sur Kakou et moi le denier soir, j'ai su que je tiendrai pas une seconde de plus à la maison. Combien de temps vous avez mis à vous apercevoir que j'étais partie, vraiment partie ? Quand vous avez lancé un avis de recherche, j'étais au grand large.

*

Pendant trente ans, j'en ai vu des pays ! Tous, je les ai tous vus. Sauf un. Sauf le Mexique. Lorsque je me suis sentie vieille, usée, hors d'haleine, j'ai voulu retourner au cimetière et, depuis quelques années, je circule dans les souterrains du métro, pareils à des tombeaux ouverts, je monte dans des rames aux heures d'affluence, je me faufile au milieu des passagers pressés les uns contre les autres, ballottés dans le vacarme, aux yeux sans regard. Pas moyen d'en capter un. J'ai essayé. Rien à faire, même en refusant de décoller d'un strapontin, forçant les autres à s'entasser plus serré, on n'a pas une chance d'attraper un regard. J'essaie plus. Du strapontin, tout ce qu'on voit, ce sont les fesses, les poitrines, pas les têtes, sauf un trou de nez parfois avec un doigt dedans.

Je circule, je change de wagon. Depuis mon retour, j'ai parcouru des kilomètres en métro, sûrement j'ai fait plusieurs fois le tour du monde.

Ne perdez pas de temps à me chercher dans les sous-sols. J'y serai plus. Pendant quelques mois, j'ai erré dans les tunnels, les boyaux, les grottes, les égouts, les cavernes du métro, je m'y sentais proche de Kakou. Jusqu'à la rencontre, il y a quelques jours, dans une rame du métro Madeleine qui me décide à tirer ma révérence. Je vous raconte en détail et puis, la lettre postée, je me volatilise, je sais faire, trente ans évanouie dans la nature, une petite apparition, épistolaire s'entend, et ciao la famille ! Seulement, avant, je dois vous informer de ce qui est arrivé, cet été d'il y a trente ans, je veux le faire avant que tout se brouille dans ma tête. Il y avait une plage grillée de soleil...

*

C'était un de ces types qu'on supportait plus à la maison, Kakou et moi : Marc, votre ami Marc Hain, gluant d'argent, de relations que vous entreteniez comme orchidées en serre, Marc avec sa verrue pourpre, sa clinquante, cliquetante gourmette et des cadeaux de Père Noël pour maman et papa, Kakou et moi qui filions direct dans nos chambres dès qu'il se pointait.

Mais quand il a débarqué à Itxassou, cet été d'il y a trente ans, Kakou et moi, on était fustigés d'un ennui à perte de vue, et il débarque dans notre trou, sa chemise Dior ouverte sur la poitrine où pendait une chaîne d'or, bronzé, souriant à presque oublier sa verrue. Kakou a cru qu'il me tournait autour. Kakou, qui aime les bagnoles, à qui vous aviez refilé une asthmatique caisse d'occase quand il avait réussi son permis, s'il avait obtenu son bac avec mention comme moi, il en aurait eu une neuve, mais il avait collé, moi, j'avais réussi et comment ! on aurait pu égaliser sur mon niveau à moi, mais pas question alors, dans la cambrousse basque, le rouge Ferrari lui a fait l'effet d'une muleta à un taureau, impossible de résister à une distraction qui faisait de nous l'attraction du village.

Marc nous promenait, achetait, dépensait, assurait que ça lui faisait plaisir, signait des chèques, tirait sa carte de crédit. On se posait des questions, mais on savait que papa était en affaires avec lui, on s'est dit qu'il nous gâtait pour l'amadouer et on a cessé de repousser ses cadeaux. Il nous a payé des fringues parce que nous n'avions pas un vestiaire pour l'accompagner dans ses cinq étoiles, une fois j'ai retourné l'étiquette, je l'ai pas fait deux fois, j'aurais pas pu accepter. Il nous encourageait à être beaux ensemble, il se disait fier de nous. Papa, Maman, j'ai la mémoire qui flanche ou vous ne nous avez jamais rien dit de pareil ? Marc, lui, se rengorgeait en nous poussant devant lui pour nous faire admirer. Il n'aimait pas que nous ne dansions pas ensemble. Il nous fringuait comme des stars, nous disait beaux comme des dieux, que personne ne nous valait.

*

Avant Noël, les odeurs empirent. C'est la pleine saison des clochards, sans abri, sans domicile fixe. Mais les usagers, qui ont les bras remplis de paquets, ne donnent pas plus volontiers. Ils ont appris toutes les ruses pour ne pas se sentir gênés au passage des mendiants : ils continuent de parler, de lire, bloquent leurs regards vers le plafond ou sur leurs pompes, marmonnent, se murent toute la figure autour de leurs yeux vides, les plus courageux font un geste de refus de la main. Pas beaucoup de porte-monnaie qui s'entrebâillent. C'est vrai aussi qu'il règne une concurrence serrée entre mendiants, clodos, montreurs de marionnettes, vendeurs de journaux, musiciens, repris de justice sans travail, femmes enceintes ou escortées d'enfants en bas âge, tout ça ne tire plus une larme à qui que ce soit. Presque, on finit par les comprendre de rien donner, mais je me demande comment ils font pour avoir bonne conscience, en plus.

*

Kakou s'excitait trop. Je voulais qu'il se calme. Marc me retenait. Seulement, lui, s'en tenait à son whisky alors que Kakou faisait des mélanges, devenait creux, couchait beaucoup. Pas moi. Il y avait eu un certain Jean-François. Marc nous avait surpris derrière une caisse à palmiers. Il avait été très gentil : « Ce type, tu le lourdes, vite fait, tu ne l'intéresses pas, il en a après l'argent qu'il croit que tu as. » J'ai haussé les épaules. « Tu veux la démonstration ? » Il a pris mon flirt à l'écart, lui a demandé combien il voulait pour dégager et j'ai vu Jean-François empocher une liasse. Marc m'a pris le coude pour entrer chez Cartier, il m'a acheté trois liens d'or avec un brillant au milieu, un pour le cou, un pour le poignet, un pour la cheville. « Ta liberté, a-t-il dit. » Il mentait. Les sorties ont continué. Une nuit, il nous a persuadés d'échanger nos vêtements, et il a maquillé Kakou qui portait ma robe noire. Je me suis peinturlurée aussi. Nous avons rapproché nos visages dans le miroir. Je ne savais plus qui était qui. La copine de Kakou, que Marc a fait entrer dans la chambre, nous a traités de dégénérés. On lui a pas couru après, mais j'étais mal à l'aise, en partant, elle avait crié à Marc : « Tu veux quoi ? Qu'ils couchent ensemble ? » Marc, furieux lui a craché : « On t'a pas attendu, pétasse ! » J'ai crié de rage. Marc a poussé la greluche dehors et a dit à Kakou : « T'en fais pas, malheureux en amour, heureux au jeu ». Kakou gagnait. On sortait du Casino, on entrait dans la mer tout habillés. On noyait des billets, pour s'amuser. On faisait des petits bateaux avec les grosses coupures et on les lançait sur les vagues dans le noir. Une ou deux fois, Marc Hain m'a touchée, mais si furtif, j'en suis pas sûre.

*

La veille de Noël, métro Madeleine, il est monté des cargaisons d'emballages-cadeaux. J'ai l'œil, j'ai repéré quelques parkas minables, des manteaux très cossus, des bonnets à trois sous, des toques emperlées d'une petite neige granuleuse, et deux chapeaux haut de gamme qui discutaient ensemble après s'être emparés de deux places voisines en jouant des coudes, un coup de paquet à droite, un coup de paquet à gauche et le tour est joué, ouf, qu'on est bien sur la banquette, ma chère.

*

Quand on a commencé à deviner qu'on ne vivait pas, pas pour de bon, que Marc nous faisait jouer pour lui une série de scènes de film, tout vide et faux, pas seulement la mer, le Casino, la nuit étoilée, tout, depuis le commencement de notre vie à la maison, Kakou a dit : « C'est pas ça, la vie ! » Et moi : « Bon d'accord, mais alors qu'est-ce que c'est ? » On savait pas. Marc, ce salaud, racontait que Schubert était mort de la syphilis, le sida des temps romantiques… que rien n'était changé… Les musiciens, je m'en foutais, il voulait faire mal, mais pourquoi ? il s'en est pris aux poètes, aux écrivains, aux peintres. Ça m'a pas plu. Frédéric était fasciné par un apprentissage qui le changeait du scolaire et on s'est mis à traîner avec Marc dans les coins pourris… Monte-Carlo… Pampelune… je sais plus… Biarritz… La Croisette… Il n'y a pas de plage à Pampelune… Il y avait une plage… Ça tournait à l'aigre entre Marc et moi. J'ai dit à Frédéric que j'allais le planter là comme sa copine. Il voulait pas que je le laisse seul avec Marc ni renoncer à ce qu'il appelait ses initiations. Je restais. J'avais beau le menacer de le laisser, je restais. Je n'avais aucun pressentiment, mais un jumeau, ça ne se quitte pas, sauf vraiment obligée.

*

Les chapeaux me tournaient le dos. Le plus petit m'a tiré l'œil, cette couleur prune me rappelait des souvenirs, ce n'était pas un couvre-chef qu'on trouve en pile sur les comptoirs des grands magasins, c'était du sur-mesure ce chapeau-là. Il avait un petit air familier, je me suis approchée et je me suis sentie bizarre quand j'ai vu la nuque, la couleur des cheveux qui débordaient sous le rebord, la manière dont ils se retroussaient pour mordre dans la joue que je voyais de trois-quarts dos. J'avais les mains moites, soudain. Il me restait un petit doute. Je me suis approchée davantage ; là, j'ai reconnu le parfum. Le cœur me frappait à déchirer les côtes, le vacarme devenait plus fort, les vitres vibraient avec violence, les portes bringuebalaient, le son vrillant de la voix perçait le fracas de la rame. Le parfum du Guerlain que je reconnaissais si bien, ce n'était pas difficile, c'est lui qui empestait partout chez nous trente ans plus tôt : le Clive Christian N° 1 de Julie que Mamie aimait tant respirer sur sa fille.

*

Jamais Frédéric m'aurait abandonnée sur la plage… Jamais… il avait trop peur que je me fasse tabasser par les bandes qui dormaient sur les galets… Ce soir-là, il n'avait pas joué, il avait bu. Il était bizarre, décalé, déjanté, je le revois. Un type s'était approché de moi, sifflant, disant que mon collier lui plaisait… même ivre, Frédéric ne m'aurait pas oubliée sur cette plage pourrie, avec cet Allemand sauvage qui me prenait le bras disant que le bracelet était bien aussi. J'étais paralysée. Frédéric a mis son poing dans la gueule de l'Allemand qui a saigné. Marc essayait de calmer Frédéric qui l'a repoussé d'un coup en pleine poitrine. Frédéric était dingue, fou, il cognait, cognait, il me disait de m'en aller, de courir… Se frottait le poing qui avait cogné. Grognait. L'avais jamais vu comme ça. Et brusquement, il s'est mis à rire, il a pris Marc à la gorge. Il lui a arraché les clefs de la Ferrari dans sa poche, il est parti en courant, il a sauté dans la voiture, je courais aussi, je l'ai rejoint. J'ai agrippé l'auto. Frédéric m'a lancé que Marc l'avait baisé l'après-midi. Moi, la veille. La Ferrari a démarré. J'ai crié : « Non ! Frédéric ! Attends-moi ! » Il était déjà mort. L'auto, en sautant par-dessus le parapet de la corniche, laissait derrière elle comme la trace incandescente d'une cigarette lancée dans la nuit.

*

Avec mon cœur en marteau-piqueur, j'ai envoyé la main, tendue, paume en l'air, au milieu des quatre personnes assises face à face, deux par banquette, en demandant, comme d'habitude : « S'il vous plaît ». Une secousse a failli me faire trébucher sur les passagers, je me suis rattrapée : « Pour manger ! » Le chapeau prune a cessé de discuter un instant, pour me jeter un bref coup d'œil, mais pas le moindre petit sou. Puis dans mon dos, assez fort pour que j'entende, le chapeau brun a dit au chapeau prune : « Elle pue, celle-là, dis donc, Julie, pour une fois qu'on prend le métro, on risque d'attraper de la vermine. »

Et toi, tu n'as rien répondu, Maman.

Banlieue nord

Les voisins d'en face me la jouaient comme *Fenêtre sur Cour*, qui venait de passer à la télé, sauf que je ne recevais pas les visites irréelles d'une princesse de Monaco moulée de grâce et d'élégance ; j'étais seul, dans ma banlieue aux trottoirs vides devant la gare sans métro, dans les rues désertes qui n'empestaient plus la merguez grillée dont l'odeur grasse ne vous collait plus à la peau. N'allez pas croire que je m'en réjouissais, de la vie morte, des activités à l'arrêt pendant des mois sans savoir quand cette connerie finirait, de tout le monde emprisonné chez soi, des bariolés, des noirs, des jaunes et des verts, des blancs, escamotés, encasernés, enfermés pour engloutir le monde dans cette mortelle absence.

Je m'y plaisais, dans ma banlieue, en général je veux dire, pas en ce moment où personne pouvait se plaire nulle part sur une planète cadenassée, au repos forcé et 135 euros d'amende si vous mettez le nez dehors sans avoir rempli votre justificatif pour une promenade d'une heure par jour. Ils devaient rigoler, les prisonniers, les vrais tôlards.

*

Le seul fait d'habiter là embêtait la famille. Je fais pas exprès. Rien de moi ne leur convient. Pourquoi me conviendraient-ils ? La banlieue, pour eux, ça n'existe pas, du coup, moi non plus. Confinement ou pas, nous ne nous nous voyons pas, ça ne manque à personne, sauf à Noël pour échanger des cadeaux, ceux qu'on me donne, je sais jamais quoi en faire. Je porte ni cravate Lanvin ni chemise Gucci que, mon chéri, tu peux échanger si la couleur… La couleur ! Comme elle trouve bien ses mots ! Adam est en bas de leur triplex terrasse aménagé avec vue sur les arbres du cimetière Montparnasse, ils passent devant dès qu'ils mettent le nez dehors. Adam, ma caverne d'Ali-Baba, ma mère accélère devant ce lieu de perdition sans pouvoir prétendre que le nom évoque un bordel gay : la vitrine déborde de chevalets, pinceaux, toutes les tailles, tous les prix, toiles vierges clouées sur leurs cadres de bois entassées les unes sur les autres, crayons, papiers, tous les grains, toutes les couleurs, les tubes, les godets, tout, tout, tout. Jamais ils n'ont poussé la porte pour m'acheter des toiles, des fusains, des sanguines, de l'encre de Chine, du papier, de l'huile de lin, de l'essence, des crayons, des godets d'aquarelle, des tubes de peinture, des chiffons ! Ils détestent que je me sois fait peintre et pas notaire, depuis l'enfance ils me traquent : soi-disant la térébenthine empuait même la terrasse, les chambres alors, vous n'imaginez pas, les couleurs à l'huile leur déclenchent de foudroyantes allergies, ma mère devient rouge, le feu au visage, elle halète comme une bête, ses yeux roulent en arrière, le silence sépulcral de mon père accuse mon pinceau assassin. Condamné à l'aquarelle, dès que j'ai pu, j'ai filé.

L'année où j'ai émigré en banlieue, ils partaient en croisière sur le Nil jusqu'au lac, tu sais mon chéri, où il y a ce temple qui n'a pas été noyé par le barrage Nasser, on l'a sauvé, le nom m'échappe, je ne connais que ça… une felouque rien que pour nous, en famille, ça te fera du bien, tu te reposeras… Me reposer ? je ne pense qu'à peindre, je préparais une expo, je leur ai demandé de me donner le prix de mon voyage pour acheter du matériel. Mon père muet, ma mère m'a tourné le dos. Noël arrivait et qu'est-ce que j'ai eu ? une valise ! pas une Delsey de leur luxe ordinaire, une Hartman 7R master spinner à mille euros : pour la croisière, a dit ma mère qui savait que je ne partirai pas. Elle ne prononce pas le mot banlieue sans ajouter « pourrie », en se remettant du rouge. « Vivante », j'ai riposté, le soir de la valoche que je leur ai laissée sous le sapin. Elle s'en est aperçue ou pas, elle voguait déjà dans l'univers pittoresque, bigarré, crasseux, puant la misère qu'elle adore vu d'une felouque de luxe, d'un lodge pour rupins, d'un hublot de première classe, tandis que je m'adapte à l'exotisme de chez nous.

C'est aussi pour ça que j'aime ma banlieue. Le folklore, je l'ai gratis ici. Pas besoin de partir, le monde est à ma porte. De la gare, faut traverser l'autoroute avant de parcourir les divers continents qui ne se mélangent pas : l'Afrique noire et l'Orient-Extrême avant de gagner un quartier pavillonnaire, trop cher pour mon budget. J'habite une barre, plus loin. Trois immeubles, deux face-à-face et un qui ferme le U majuscule. C'est là. Atelier plein nord et chambre plein soleil, quand il brille. Passablement habité, dirait la bouche dédaigneuse de Madame ma Mère : un photographe, un trompettiste, deux écrivains de la télé, quelques comédiens, l'un d'eux fait du doublage, confiné comme tout le monde en ce moment, il se morfond ; le reste : du bourgeois tout venant, informaticiens, comptables, infirmières, un généraliste.

La pandémie n'a pas changé grand-chose à ma vie ; mon

travail, je le fais chez moi, ce qui me manque, ce sont les cafés, les petits restaus aux menus à huit euros le midi. Avec deux expos annulées, l'une à Munich l'autre à Saint-Paul de Vence, l'argent aussi me manque.

*

Le temps que je passais dans les cafés, je l'occupe à ma fenêtre. C'est comme ça que je les ai vus et observés. Vus d'abord. Ils n'ont pas de rideaux, pas de voiles aux fenêtres, le soir, ils éclairent. Mais si je les ai observés, après les avoir vus, c'est qu'ils avaient quelque chose de curieux.

Trois et demi dans un deux-pièces. Le père, la mère enceinte comme une montgolfière et une gamine huit ans, peut-être. Un peu malingre, des petits bras en allumettes, des jambes maigrichonnes, de grands yeux et des cheveux incolores. Le soir, quand elle passait devant une lampe, le contre-jour la nimbait d'une auréole irréelle. Je ne fais pas dans le figuratif, mais si j'avais essayé de représenter ces cheveux, je me demande comment je m'y serais pris ; en réalité, j'ai essayé, car c'est elle qui m'a intrigué d'abord avec cette parure transparente d'angelot qui semblait lourde à porter et si une boucle tombait dans ses yeux de violette de Parme, elle ne la chassait pas. Elle était étrange avec ses cheveux mousseux, ses yeux translucides comme des billes de verre, la mèche entre les cils.

Réduits au télétravail, comme le reste de la planète en ce moment, les parents se partageaient la pièce et mettaient la petite dans la chambre devant une tablette. Elle obéissait, un doigt dans la bouche, et passait là des heures sans bouger.

Ils sortaient en alternance, une heure chacun comme

autorisé. Ils emmenaient la gamine à tour de rôle. Mais c'est arrivé qu'ils partent tous les deux et la laissent seule, oubliée. Alors, elle se levait tout doucement, avec des manières de cambrioleur et allait devant le bocal.

*

Je l'avais déjà vue du temps que tout était normal et où personne, moi surtout pas, n'avait le temps d'observer son voisin. Je crois que c'était à la sortie de l'école, un soir, à l'heure où les parents viennent chercher leurs petits. Je passais, j'ai entendu : « Moi, a dit une mouflette à celle aux yeux de violette qui l'écoutait l'index droit enfoncé dans la bouche, je suis la préférée de ma maman. C'est la plus belle et la plus gentille. Elle est toujours en avance et elle m'amène au cours de danse, le mercredi. Je serai danseuse étoile à l'Opéra et j'aurai des affiches sur les murs. » Et elle a fait une pirouette. « Moi, a dit la petite violette, ayant retiré son index de sa bouche, c'est mon papa qui m'aime le plus ». Elle a recommencé de sucer son doigt, l'a retiré de nouveau pour ajouter : « Il m'aime plus que ma maman ». Les yeux se sont bordés de rouge et, lorsqu'elle a remis l'index dans sa bouche, ils ont débordé.

La première gamine a couru vers sa maman, ses tresses dorées sautillaient joyeusement dans son dos, l'autre attendait son père sans bouger, essuyant ses yeux, elle a dit, pour elle toute seule : « Même qu'il m'aime comme il aime personne ».

Ce qui fait que je n'ai pas oublié cette enfant, c'est sa crinière en barbe à papa et sa manière étrange de sucer son doigt : brutalement, respirant fort, se l'enfonçant dans le gosier.

*

Dans la rue déserte de la ville déserte où chacun reste chez soi, bien obligé, devant la barre d'où elle s'extirpe pour la promenade réglementaire, la femme trébuche malgré les souliers plats. L'homme la rattrape par le bras.

« Tu peux pas regarder où tu mets les pieds ?

— Je les vois plus, mes pieds. »

Elle a le souffle court, de la buée aux tempes et les deux mains croisées au-dessous de cette excroissance qui lui pousse au milieu du corps. C'est vrai, qu'elle ne peut plus voir ses pieds et lui, il ne supporte plus. Elle le sait.

« Si tu veux, Maman pourrait s'occuper de moi quelque temps...

— C'est ça ! » Il pivote, fait demi-tour en l'entraînant. « Tu fais ta valise, tu préviens ta mère, on remplit les dérogations de déplacement obligatoire, on partira ce soir, si un flic nous épingle, tu simuleras des contractions, cas de force majeure je conduis ma femme à l'hôpital et le tour est joué.

— J'emmène la petite.

— Et vous la coucherez dans la cuisine, sous l'évier ? Elle reste avec moi, je suis capable de m'en occuper et le confinement finira par finir ! »

Il lui plaque un baiser sur la joue, en se forçant, mais il le faut, un gros bisou, sonore.

*

Rarement, il s'est senti si bien. Il a un peu bu, chez belle-maman en livrant son « paquet », une bière ou deux, peut-être aussi un whisky ou deux, trois peut-être, et il sifflote dans la nuit, débarrassé de « l'encombrant ». Il n'avait pas un si mauvais souvenir de la première grossesse, mais elle n'avait pas un ventre pareil, gonflé à ce point ! et les cernes ! et les taches sur la peau ! et sa respiration comme celle d'un vieux qui peine dans un escalier. Cette nuit, il récupère son lit pour lui tout seul ! Lui que les pubs de femmes enceintes, gros ventres nus sur les écrans télé ont toujours dégoûté, il en a fini avec ce cauchemar à domicile. À la fin du confinement, qui finira par finir, comme il le dit toujours, il récupérera femme et lardon. Elle est consciencieuse, elle en fera un bien joli.

Le soir où il s'est débarrassé d'elle, j'ai été attiré à la fenêtre par sa musique qui hurlait et ses rires stridents pendant qu'il faisait valser sa fille, la tenant par la taille. Elle tournoyait en l'air, les yeux graves, la petite violette. Elle ne riait pas. Elle lui tenait le cou d'une main et enfonçait l'index de l'autre dans son gosier.

Maintenant qu'il est seul, il triche, remplit plusieurs feuilles de dérogation pour sortir, reste dehors bien plus qu'une heure, rentre parfois très tard pour nourrir sa fille et ressort. Bizarre. Pas uniquement parce qu'il enferme la gosse à clef. J'ai pris les jumelles.

*

Elle a passé des heures avec sa tablette, d'autres devant la télé, ensuite, elle est tombée amoureuse du poisson rouge. Elle a tourné autour du bocal, plongé le bras pour le caresser. Au début, du bout des doigts, mais lorsque les petites phalanges agiles poursuivaient le poisson, il s'affolait, cherchait un coin pour échapper, il n'y en avait pas, le bocal était rond. Il s'épuisait dans cette poursuite impitoyable et se laissait tomber sur le fond comme un madrépore échoué, battant faiblement des nageoires. À ce moment, du revers, elle le frôlait, ses lèvres remuaient comme celles du poisson : ils se parlaient. En quelques jours, il était apprivoisé, elle le nourrissait, pour le séduire plongeait le bras, agitait ses petites mains, il entrait dans sa paume qu'elle refermait, il glissait, fuyait, elle le rattrapait, le jeu durait tant qu'elle était seule.

Dès qu'elle l'entendait entrer, elle retirait son bras de l'aquarium, le séchait en vitesse et filait devant sa tablette. Quand elle se mettait ensuite le doigt dans la bouche, je me demandais quel goût il pouvait avoir, trempé de cette eau où flottaient, avec les algues et la nourriture, les excréments du poisson qui traînaient derrière lui comme un long fil qui ne se détachait pas. Un jour, elle lui a nettoyé le derrière, et elle a mangé ce qu'elle avait sur le doigt. Le plus souvent, elle le prenait dans la main et le frottait contre sa joue. Elle lui a donné des baisers, faisant entrer dans sa bouche la tête du poisson.

J'ai remisé les jumelles.

Je les ai reprises.

*

Ce soir, elle n'entend pas la clef dans la serrure, elle a le poisson dans la bouche. La queue s'agite entre les lèvres mauves. Le père entre. Elle crache le poisson dans le bocal. Trop tard, il l'a vue, l'empoigne, lui enfonce deux doigts dans la bouche en défaisant d'une main son pantalon. Lorsqu'il retire les doigts, elle ouvre la bouche toute grande et se cramponne à la ceinture de cuir. Il dit quelque chose. Il la secoue. Ça va très vite. Les images s'accélèrent.

Il a déjà fini. Il repousse sa gamine, s'empare du bocal et le jette par la fenêtre. Il n'a pas le temps de se retourner : l'enfant s'est envolée derrière son poisson.

J'arrive le premier au rez-de-chaussée, avant le père. C'est moi qui ferme les paupières translucides sur les prunelles Parme.

Trois conclusions pour une histoire : L'éléphant blanc, L'asilo fiorito, La grotte de la sirène

Même un seul jour de la fin de ma vie, je refuse d'être entourée de vieillards chauves et baveux qui perdent leur dentier dans leur potage. J'ai toutes mes dents, sauf les sagesses, et j'ai vingt ans de moins que moi. Plutôt crever que la retraite ! Crever, d'accord, s'il le faut, si c'est indispensable, si vraiment, je ne peux pas faire autrement, mais alors loin de tout mouroir, mon Shakespeare avec moi. Je veux que ma fin me ressemble. J'ai les moyens de me l'offrir.

Ils le savent, mes proches, mes très chers proches, et cependant, depuis quelque temps, ils manœuvrent subtilement, croient-ils, pour tenter de me faire renoncer. Ils procèdent par allusions, rares pour le moment, insidieuses, lancées au cours de ces abominables réunions de famille que je déteste depuis que j'ai dix ans, c'est dire ! En riposte, j'ai commencé les grandes manœuvres. J'ai toujours su que je devrais en arriver là. Leur première tentative s'est produite un soir d'anniversaire, pas le mien, le mien, je les ai découragés de jamais le célébrer ; je me les fête à moi-même, à mon idée, avec des amis de tous les âges qui tous me ressemblent, dans un endroit caché sur le Pincio où la colline embaume et où on entend sonner tous les clochers de la Ville. Par une trouée au milieu des arbres, presque, je pourrais voir ma terrasse.

Un soir donc, Ariana a vanté les mérites d'une maison à crever tandis que son mari, qui est mon gendre, regardait du côté du petit Canaletto qui l'intéresse vivement, non à cause du traitement subtil des reflets de San Giorgio dans la lagune qui ont des transparences d'aquarelles annonciatrices de la manière d'un Turner, mais pour sa valeur marchande. Les yeux coulissants en dessous, il m'a demandé combien « ça » pouvait valoir. Je lui ai giclé ma réponse comme d'un tuyau d'arrosage glacé : « C'est selon l'amour qu'on lui porte. Inachetable donc, parce que je l'aime à la folie ». Ce n'est pas lui, gros bêta, qui avait lancé le premier tir d'artillerie. Ma fille ayant déjà commencé à vanter les charmes de l'*Asilo fiorito* (chaque fois que je me suis demandé si le proprio était un fan de *Madama Butterfly* ou si le hasard avait inspiré son choix, je me suis juré que je n'aurai jamais l'occasion de lui poser la question puisque jamais, jamais, jamais je n'irai finir mes jours dans son crevoir), j'ai suavement approuvé ma fifille, surenchéri avec un sourire large comme la coupole du Bernin : leur mère (coup d'œil à mon gendre aux yeux en coulisses) et belle-mère (sourire niaisement béat à ma fille) devait être enchantées de finir dans son *Asilo*.

Mais les tonnelles fleuries, moi, je les ai chez moi, à La Villa en Campanie et ici, sur ma terrasse romaine où je fais pousser jasmins, agapanthes, jacarandas et lauriers-roses dans d'énormes pots de terre, allusion au décor sicilien du *Gattopardo* de Visconti à une époque où j'étais raide amoureuse de Burt Lancaster. Je dors dehors quand les nuits sont torrides, dans un hamac ou par terre enveloppée par les odeurs et les parfums tandis que les bruits de la Ville crépitent en bas et les étoiles en l'air. Je préfère respirer la nuit que la clim. De cette terrasse, dans les bras de Romano, j'ai regardé tellement de soleils se coucher, rasant la cassure du Colisée.

Ils se congratulaient du regard devant mes bonnes dispositions, ce premier jour où je les trompés sur mes véritables intentions, *Madona santa*, comme ils étaient stupides ! J'ai encore agrandi mon sourire, et comme ma fille examinait ma robe pendant que sa moitié louchait toujours sur le tableau, j'ai avoué qu'en quittant la galerie Alberto Sordi, dont l'architecture ne l'intéresse pas plus que Feltrinelli où j'ai fait provision de livres et de disques, je m'étais fournie chez Ronascente d'un vestiaire pour les dix années qui me restent. Et ça, la peste qui veut m'expédier dans un mouroir ne pourra pas en hériter, obligée qu'elle est, à moins de cinquante ans, de s'habiller sur mesure avec ses quatre-vingt-cinq kilos de prima dona napolitaine qui fait craquer les coutures de Norma Diva. Dire que j'ai produit ça ! Qui pourrait croire qu'elle vient de moi alors que, depuis cinquante ans, rien ne parvient à m'en persuader ? Je me souviens du jour où j'ai obtenu un laissez-passer, à dix-huit ans, pour la Biblioteca Vaticana et je sautais de joie. Je ne me souviens pas de ma grossesse. Rien à faire.

C'était l'année de ma soutenance sur Shakespeare, déjà, je cherchais à prouver que l'auteur de *Roméo et Juliette* ne pouvait qu'être un Italien pendant que Romano creusait des puits en Afrique où c'était compliqué d'accoucher au milieu des guerres tribales qui se réglaient à la machette. Je me suis à peine rendu compte qu'Ariana glissait hors de moi. Mammamia m'a toujours reproché cette facilité, avec le mal que je lui avais donné, moi, pour venir au monde, trente-six heures de souffrance dont elle avait failli mourir.

J'ai raffolé de mon bébé.

Jolie comme un putto, très vite, elle est devenue belle. Entre les couches, les nounous, Romano qui repartait sans arrêt dans des pays lointains, pour que je puisse continuer ma carrière, Mammamia m'a offert son aide. C'est ainsi que, sous prétexte de l'élever, ma mère m'a enlevé ma fille.

Le jour de ses quatorze ans, Ariana, plantée sur le palier, encadrée par deux valises :

— Chez la vieille, j'y retourne pas !

— Tu ne parles pas comme ça de ta grand-mère !

— Je parle de ma grand-mère comme ça me chante et je m'installe ici.

Elle entrait avec ses valises, en me bousculant.

Romano a résisté trois semaines et puis c'est lui que j'ai trouvé un matin sur le palier planté entre ses valises :

— Où tu vas ?

— Comme ta fille…

— « Notre » fille !

— … je retourne chez ma mère !

— Oh !

— Mais non, *amore mio*, je m'installe à l'hôtel.

Comme Ariana, il m'a repoussée dans l'appartement, mais lui partait dans l'autre sens et la porte qui s'est refermée nous séparait. J'ai eu le cœur serré. Je n'avais rien pu empêcher. C'était Ariana ou lui. Est-ce que pouvais jeter la petite dehors ?

Pour me punir de n'avoir plus que moi à tyranniser, Ariana a grossi. Elle critiquait tout, ma cuisine surtout, de la tambouille pour morts de faim, disait-elle en engloutissant des bassines de *caponata*, des *saltinbocca alla romana* qu'on n'avait pas le temps de lui voir sauter en bouche d'autant que Mammamia, pour me contrarier, prétendait qu'Ariana gagnait à être un peu enveloppée. Quand sa petite-fille a eu les fesses comme un semi-remorque, elle qui était mince et souple comme moi, ma mère a gardé ses commentaires pour elle.

Presque sur le chemin de l'école (il a fallu tout de même qu'elle prospecte un peu), Ariana a déniché un troquet, Da Cricri et Gigi, tenu par deux truands notoires (elle a ricané qu'ils n'étaient ni Al-Capone ni Corleone), connu pour servir des portions que les clients, en général, se partageaient. Elle a fait livrer deux bolognaises, gigantesques comme une pub à la télé. Elle a englouti les deux.

Elle s'est mariée à seize ans si ronde que personne ne s'est douté qu'elle était enceinte. Le mari non plus. Après une fausse couche et l'interdiction médicale de se trouver enceinte de nouveau, elle a eu trois enfants. La petite garce m'a fait triple grand-mère.

*

À cinq ans, elle parlait très bien et était très jolie avec des yeux bien fendus et des cheveux d'ambre foncé, épais qui lui retombaient jusqu'à la taille. Un soir de bal, Mammamia m'offrait des robes de princesse, j'en portais une à traîne, coupée dans une soie qui tenait debout toute seule, qui avait été sculptée sur moi. Ma fille a fait le tour comme d'un monument :

— Quand tu seras morte, elle sera à moi, ta robe ?

— Si tu as une petite sœur, tu la lui prêteras.

Je feignais la désinvolture avec, tout de même, un petit

pincement lorsque Romano s'est approché, tout suave, a mis un genou par terre et posé Ariana sur l'autre comme pour un câlin. D'une main, il la retenait par la taille ; de l'autre, il a soulevé mon ourlet de quelques centimètres pour qu'elle ne salisse pas et il lui a fait toucher l'envers.

Je portais des talons aiguilles très hauts, aux lanières dorées qui semblaient des tresses de cheveux. Il a dit tendrement :

— Les chaussures aussi seront à toi, carina ! Sauf si c'est toi qui meurs avant mamma, parce que ce sont des choses très tristes mais qui peuvent arriver, et alors c'est elle qui héritera de ta petite robe à smocks et de tes minuscules souliers vernis !

Hypocritement tendre au début de la phrase, sa voix, à la fin, vibrait de détestation. Il ne m'a pas laissé objecter qu'Ariana était toute petite, il l'a repoussée, a mangé le rouge à lèvres sur ma bouche, empoigné nos manteaux et m'a entraînée, m'empêchant de dire bonsoir à l'enfant affolée qui criait derrière la porte palière.

— Elle ne comprend pas, Romano, allons l'embrasser.

— C'est un monstre, a-t-il dit.

— C'est une enfant.

— Tous les monstres ont commencé bébés.

*

Ariana mariée, Romano est revenu pour mourir dans mes bras, cancer du poumon, après deux ans d'un céleste bonheur. Pendant ces deux années, il fuyait chaque fois qu'elle s'annonçait, avec ou sans mari, pour ne plus entendre :

— À qui il est le petit dessin de Caravage, *Babino mio, caro papa di zucchero filato*, à toi ou à maman ?

– Caravage ne dessinait pas, il peignait directement, tu l'ignorais ?

J'ai cru la décourager de questionner en lui apprenant que tout appartenait à son père, mes parents ne m'ayant laissé que des dettes. Depuis, au lieu de s'inquiéter de savoir à qui de nous deux appartenaient les biens qu'elle convoitait, elle a demandé ce qu'ils valaient. Et ce n'était certes pas l'influence de Mammamia qui, avec un basilic et un géranium à sa fenêtre, se croit la reine du monde. C'était ma fille au naturel.

*

Quand Romano a été emporté, j'ai fait ces incroyables sacrifices que consentent les riches pour garder des biens ruineux entre impôts et travaux. Leur Troisième trottinait lorsque leurs regards, brefs ou appuyés disaient que, seule et vieille, je disposais de biens trop beaux et trop vastes pour moi. J'ai donné en rançon la Nudo Gelé de Pomellato, le rubis sang de pigeon Metamorphosis de Bulgari, ensuite ma Panthère, Cartier 1914, et des boucles d'oreilles ayant appartenu à Marie-Caroline de Savoie. Avec la haute joaillerie, s'envolaient des babioles en corail et or achetées à Capri, des cloisonnés chinois, des meubles et *tutti quanti*. Du bout des lèvres, ils lâchaient un merci sans chaleur, j'entendais d'assourdissants : c'est tout ? Mais la Gerald Genta de Romano, ils pouvaient toujours attendre, je me l'étais accrochée au poignet et ne la quittais pas, faisant la sourde lorsqu'Ariana la prétendait un peu lourde pour mon bras.

J'ignorais le prix des choses, y compris celui du mètre carré d'une terrasse à Rome. Eux savaient, à trois sous près, à combien se montait la fortune de Romano, qui m'avait tout laissé. Ils ne gênaient pas en ma présence pour évaluer les chandeliers napolitains qui avaient éclairé le repas du retour de Garibaldi, que Visconti a somptueusement mis en images, toujours dans le *Gattopardo*, et se sont demandé crûment, si, d'être historiques, augmentait leur valeur.

*

La décision s'est prise. Inopinée, presque. Ou alors inscrite en moi de toute éternité. Une course de vitesse entre la mort, mes héritiers et moi. J'ai gagné. Grâce à mon allié, toujours le même depuis que j'ai quinze ans, Fulvio. Le seul que je vais avoir du mal à sacrifier. Mais c'est le prix d'affection à payer. Il est le maillon faible de mon projet. Non qu'il soit achetable, absolument pas, mais ils peuvent l'avoir aux sentiments : « où est-elle, Fulvio ? dis-le moi, c'est ma mère, et les enfants sont malheureux, privés brutalement de leur Nonna chérie, c'est trop cruel pour eux, elle leur manque tellement. » Je parie qu'elle aurait préparé un mouchoir (oh ! j'ai tapé mouroir) pour éponger ses fausses larmes au bon moment.

D'habitude, je n'aime pas m'occuper de mes affaires. Pendant quelques mois, je n'ai rien fait d'autre, travail à temps plus que plein, banques et notaires, filous ordinaires et escrocs patentés, je les ai tous utilisés. J'étais très excitée, mais sans Fulvio, j'y serais encore. Pendant que je réalisais secrètement mes biens, changeais de comptes et d'identité, je leur jouais la comédie de la mère qui vieillit beaucoup, mélange les prénoms des enfants, prend un mot pour un autre, se déclare fatiguée par l'entretien de deux « baraques », demande à visiter *L'Asilo fiorito* (j'ai fait rouler une cascade de « r » pour les persuader). Mais quelle bonne idée, Mamma ! Entre Noël et Capodanno nous irons embrasser belle-maman et tu verras comme elle est bien installée ! Mes chéris, je n'en doute pas.

Et toc, la veille de Noël, j'ai disparu de leurs écrans.

Fin 1
L'éléphant blanc

L'air que je respire est différent, chargé d'odeurs nouvelles, les autres, je les ai oubliées, je ne connais plus celle des lauriers-roses et de la terre cuite de ma terrasse romaine ni celle des buis qu'on taille à La Villa, je ne sais plus rien du passé, effacé à force de m'emplir de ces fragrances épaisses, lourdes, lentes à vous venir combler l'odorat, épicées, sensuelles, languides, qui flottent interminablement, imprègnent chaque pore et chaque cheveu. « Inutile de faire brûler des cassolettes, ai-je dit à Ranjit, les parfums sont partout ». Il a riposté dans son sabir, qu'il croit que je comprends, qu'il n'a jamais senti que des excréments dans sa jeunesse, que les cassolettes sont indispensables, à cause des éléphants dont la puissante odeur pénètre par les fenêtres et des cacatoès du rajah enchaînés à leurs perchoirs dans l'entrée sud. Je n'ai pas insisté. Il a trop l'air d'un prince descendu du bas-relief d'un temple dans son Kurta churidar chatoyant que je crains de paraître une grossière Occidentale à ses yeux.

Il dit « les éléphants ». Il n'y a en a qu'un. Nain et peint. Faux. J'ai compté ses ongles, seul moyen pour reconnaître les vrais blancs. J'ignorais son existence jusqu'au jour où je me suis trouvée nez à trompe avec lui. Il m'a jetée par terre et levait le pied pour m'écraser quand le cornac est arrivé, furieux, dans ses jodhpurs crasseux, son teint de brique virant à l'aubergine, le turban de travers retenu par son oreille gauche en feuille de lotus. C'est après moi qu'il en avait.

Ranjit, je ne le comprends pas d'habitude, mais quand il est bouleversé, alors là, plus rien. Il a déboulé en courant, il a fait reculer le pachyderme, s'est placé entre lui et moi, jetant des ordres au cornac qui me semblait rapetisser comme sous des coups de fouet.

J'ai appelé l'agence pour apprendre d'où sortait cet animal de cirque dont je ne voulais pas chez moi.

— C'est l'éléphant blanc du rajah, d'origine divine, on vous a prévenue que vous gardiez les domestiques et le mobilier.

— Un éléphant n'est ni un domestique ni du mobilier !

— Il ne peut pas non plus vivre dans un appartement à Bombay ! C'est spécifié dans le contrat, vous gardez l'éléphant avec le cornac et vous avez signé une clause qui autorise Monseigneur à lui rendre visite une fois par an pour s'assurer que vous le traitez bien. L'usage veut qu'on lise avant de signer !

De l'autre côté de la colline où se dresse ma maison, celle de l'éléphant tourne le dos au lac. Désormais, je préviens Ranjit avant de m'y aventurer. Rarement. Nous ne nous aimons pas. Cette bête a de petits yeux cruels, l'envie de m'assommer d'un coup de trompe ou de me labourer la tête de ses ongles. Moi aussi je le regarde méchamment et en plus, moi, je parle, je lui dis ce qu'il est un imposteur, un faux éléphant blanc, une honte dans ce palais. Je lui dis que le rajah ne l'aime pas, sinon il l'aurait emmené avec lui à Bombay, appartement ou pas. Je lui dis que son maître me l'a refilé pour se débarrasser d'une mystification rien d'autre. Il comprend tout, grogne et ronfle et barrit quand je lui parle sur ce ton. Mais je continue de lui dire son fait jusqu'à ce que son cornac arrive, aussi méchant que cette bête d'imposture.

*

Je passe la plupart de mes journées avec Shakespeare, à écrire sur une terrasse rose bordée de pierre travaillée en dentelle. Je glisse un doigt parfois dans une arabesque qui semble de sucre filé et je tire de toutes mes forces. Cette fragilité résiste et supporte un toit aux rebords retroussés que de fines colonnes semblent pousser vers le ciel. Devant ma table, des bougainvilliers multicolores forment une bordure vivante aux branches courbes comme des fusées de feux d'artifice qui s'élancent et retombent. Le pavement disjoint, en calcaire doré, marbre et tek birman alterné, respire sous mes pieds nus, vivant. Un serpent loge dans la vasque turquoise et se promène parfois à l'air libre. Je le déteste, depuis Ève. J'ai demandé à Ranjit de le faire enlever, enlever, pas tuer.

Il ne l'a pas fait.

Au couchant, les parfums succulents des arbres d'où s'écoulent d'épaisses larmes de résine, des plantes inconnues qui dégorgent leur trop-plein de sève, de l'eau qui jaillit de la fontaine aux paons assaillie par un fouillis de végétation échevelée et de fougères touffues, où glougloute un jet paresseux, s'exaltent jusqu'à l'ivresse. Mais si je touche un sécateur avec l'intention de faire un bouquet dans cette jungle savamment domestiquée, Ranjit m'annonce solennellement, les mains jointes sur la poitrine, le turban incliné me dissimulant ses traits, que c'est la prérogative du jardinier. Je ne lui réponds pas plus qu'il ne bouge après avoir lancé cette injonction, et cependant je sens qu'il me désigne ma table : son immobilité si profondément, volontairement, ostensiblement empreinte de respect m'enjoint de retourner à mon véritable travail. Alors, je prends une grande respiration et je sais que ma vie a un sens : que je vais finir comme je l'ai toujours voulu, en écrivant. Tous les documents qui me sont nécessaires, je les ai apportés, c'était mon seul bagage, pour démontrer que c'est la passion d'Othello pour Desdémone qui excite Iago et Cassio, que c'est lui, le Maure, qui a engagé une vertigineuse course à la mort avec lui-même, qu'il est le principal manipulateur de la tragédie où il va s'engloutir après avoir assassiné celle qu'il aime.

Ce sera mon testament littéraire. Posthume. Tout le reste est réglé.

*

À mon existence passée, j'ai fait mes adieux le jour où j'ai pris l'avion, aller simple, ayant réalisé mes biens à la veille d'une une autre vie, nouvelle, la dernière. J'ai tracé mon sillage en écriture. Il s'efface lentement pendant que je contemple le soleil descendre sur les terrasses qui se succèdent jusqu'à l'embarcadère avec son triple portail de fer forgé qui semble une broderie de métal, plus délicate que celles de Gaudi. Je n'en éprouve aucune nostalgie. Je savoure chaque minute du temps qui me reste. Si vieille maintenant, malgré une apparence qui continue de démentir mon âge, je sens lever en moi une paix aux couleurs des bonheurs oubliés. Je regarde mon visage dans les miroirs en argent poli du rajah, et, sans être devenue Indienne, je ne reconnais plus la Romaine que je fus. Je flotte entre deux eaux, je ne sais pas si j'y prends du plaisir, de l'intérêt, bien sûr.

Certains soirs parfois, sous le ciel uniforme de couleur safran, un spectre du passé s'approche de moi ni ma mère ni Romano : Ariana, à quatorze ans, debout sur le palier encadrée de ses deux valises. Elle m'apporte une douleur diffuse. Je ne fais rien pour la chasser. Le spectre s'en ira le jour où je m'avouerai que ce qu'il y avait dans ses yeux un peu plissés au-dessus de ses grosses joues de matrone des bas quartiers du Trastevere, c'était la haine, seule raison de son retour : elle revenait détruire ses parents et rejouer sans fin la scène de ses cinq ans. Elle nous a brisés, mais la nuit où j'ai laissé Romano la haïr, espérant nous sauver, lui et moi, c'est elle que j'ai abandonnée, pas mon amour. Et maintenant, c'est toute seule que je me sauve d'elle. Toute seule, vraiment ?

*

En arrivant dans cette ville inconnue, dont je ne connaissais ni la langue, ni les traditions, ni la cuisine, j'ai pris une suite à l'hôtel, le temps de régler l'obole due à Caron pour le passage : tout de suite, la moitié de mes biens à un hôpital où on soigne des vieillards plus jeunes que moi et où on recueille des enfants abandonnés, le reste à ma mort. En même temps que je réglais mes affaires, je me cherchais un endroit convenable pour y finir des jours que personne ne pourrait me voler, vivant ma mort comme j'ai vécu ma vie.

Tous les soirs, jusqu'à mon dernier soir, où Ranjit dressera mon bûcher sur le lac, je revêts un sari de soie pour dîner de ces plats aériens aux couleurs vives, aux parfums épicés et aux goûts ineffables en regardant le jour s'estomper derrière le decrescendo de bleu des montagnes qui crêtent le lac.

Je déteste le folklore, porter le sari n'était pas mon intention, je vivais dans mes jeans blancs. Ils ont disparu brusquement, d'un seul coup. Ranjit, en écoutant mes protestations et mes ordres était courbé presque jusque par terre. Une heure plus tard, il revenait, escorté d'un grand coffre porté par deux serviteurs, d'une vieille femme ridée comme une trompe d'éléphant et de deux gamines de jais que je n'avais jamais vues, ce qu'il fallait pour réaliser des saris, a-t-il dit, en ouvrant le coffre. De mes jeans, plus de nouvelles. Il m'en reste un, celui que je portais le jour de la disparition des autres. Ranjit est prévenu, celui-là, s'il disparaît, je casse tout, je libère l'éléphant et le cacatoès.

*

Plusieurs fois par semaine, des amis me rejoignent, tous Indiens. Comme l'éléphant, ils sont mon héritage du rajah. Quelque temps après mon installation, ils sont venus en délégation, courtoise et raffinée, tous habillés de vêtements traditionnels des jours de fête, Salwar-Kameez, Sarouels, Krta churidar. Je les ai reçus dans un sari, où l'orange se mêle à un vert d'absinthe, que j'ai appris à draper autour de moi et je portais sur les cheveux un ruban d'où pendait sur mon front une améthyste, moi qui n'ai jamais mis de bijoux, sauf la montre de Romano. Ils apportaient des livres et des instruments qu'ils m'offraient en me demandant en anglais de ne pas interrompre le cours immémorial de la poésie et de la musique sur l'eau. Leurs pères et les pères de leurs pères y avaient participé alors que se succédaient les sultans. Est-ce que la femme étrangère accepterait de prolonger la tradition ? Je leur ai répondu par des mots de bienvenue en Hindi que m'avait appris Ranjit. Depuis, ils viennent chaque semaine. Ils me lisent des poèmes dont je comprends tout sauf le sens littéral, qui pénètrent en moi avec une puissante douceur. Ils jouent de la musique ou chantent et j'entre dans un autre monde, ainsi que je le désirais. Mais si, à mon installation, je refusais tout ce qui était occidental, ce n'est plus le cas et je leur fais écouter *Cosi fan tutte*, surprise par la parfaite harmonie qui unit Mozart à ce paysage devenu le mien.

Lorsqu'à la nuit tombante, nous embarquons avec des torches, des lanternes et des musiciens, partageant le bonheur – ou l'illusion du bonheur, je ne fais plus la différence –, je me laisse bercer par des notes inconnues qui ouvrent en moi des horizons d'éternité. Je connais vaguement les noms de leurs instruments, le sitar, le calimba à pouces à 17 touches, le tampura, le bansuri, je contemple leurs formes, leurs airs de jouets rassurants, si étrangers à la puissante volupté du violoncelle, dont je jouais dans ma jeunesse. Les jours s'envolent comme les nuits et le temps me conduit à mon terme dans une félicité au goût de « pluie dorée » et de jasmin.

*

Il y a un an que je suis ici : mercredi de la semaine prochaine, je ferai la connaissance du rajah qui vient visiter son éléphant. J'ai fait des progrès en Hindi et je pourrai soutenir, avec lui, une conversation facile dans cette langue. Il est possible que ce ne soit pas nécessaire. J'ai découvert qu'il avait plusieurs livres de moi dans sa bibliothèque.

Fin 2
L'asilo fiorito

Finalement… finalement… *L'Asilo fiorito* est bien tenu. Ils m'ont proposé une suite. J'ai viré leur mobilier international cinq étoiles. J'ai apporté mon secrétaire Guiseppe Maggiolino dont la décoration de fleurs reliées par un ruban se déboîte un peu, mais à qui le donner à restaurer ? les chandeliers de Garibaldi, et mon ordi. Je prends mes repas dans mon appartement. J'ignore où se trouve la salle à manger commune. Complètement isolé derrière le potager et le verger, je dispose d'un petit jardin en exclusivité. Je n'ai aucun contact avec les autres pensionnaires.

Trois fois par semaine, Fulvio vient faire sa partie avec moi.

Chaque année, pour l'ouverture de la Scala, nous passons une semaine à Milan. Fulvio, qui s'ennuie à l'Opéra, s'endort. Nous assistons aussi à l'*Opening night* de New York, où il s'endort aussi, mais nous passons une quinzaine à nous gaver de musique, d'huîtres et de crevettes. Le reste du temps, tranquille.

Ariana vient chaque trimestre s'acquitter de ses devoirs envers sa mère. Elle m'épargne la vue de son mari, mais souvent amène un enfant avec elle. Ils grandissent, moches et insipides comme leurs géniteurs.

Je lui ferai dire par Fulvio que quatre fois par an, c'est beaucoup, qu'elle veuille bien espacer.

Fin 3
Le rocher aux sirènes

J'ai vu la falaise. La mer. J'ai su que ce serait là. Jamais je n'avais cru trouver au monde un endroit plus émouvant que la corniche amalfitaine et la falaise où Wagner découvrit le jardin qui lui inspira celui de Klingsor dans *Parsifal*. À Ravello, sauf à être complètement stupides, ils le sont d'ailleurs, ils pouvaient me retrouver, peut-être. Je n'allais pas courir ce risque. J'y suis retournée si souvent avec et sans Romano. C'est sur la dalle de cristal de l'Africaine, l'une des rares boîtes de nuit que j'aie jamais fréquentées, que nous nous sommes rencontrés. J'étais presque fiancée, il était marié. Nous avons dansé ensemble, regardé ensemble le ballet des poissons sous nos pieds et sommes partis ensemble au lever du soleil pour aller manger des langoustes que Luino grillait sur la plage. Romano avait retiré sa veste et moi mes talons aux lanières dorées. Je portais une robe vert d'eau en mousseline de soie, avec de fines bretelles, très serrée à la taille, qui s'évasait en corolle. Après les langoustes, nous avons bu du café. Romano aussi a retiré ses chaussures et nous avons marché jusqu'à la grotte. Nous nous tenions, non par la main, mais par deux doigts. La plage était en rochers et galets. Nos pas ne laissaient pas de trace. Je me souviens l'avoir regretté.

*

C'est une falaise semblable, une corniche semblable, une plage semblable. Loin de Ravello. À l'état sauvage. Sans cloître, sans art et sans jardin. Avec de petites maisons passées à la chaux cachées derrière des tonnelles où des grappes pendent en octobre, d'un raisin déjà noir qui embaume la framboise. Des chèvres blanches plantent leurs cornes dans les troncs des oliviers, des poules sauvages crient en grattant la terre. D'énormes pommes d'or du jardin des Hespérides donnent envie d'y planter les dents et de faire gicler les graines.

Il n'y a pas d'hôtel, aucune maison à vendre, les *bed and breakfast* sont inconnus, mais au bout de la route, le vieil Achille a installé une caravane derrière son potager, accolée à une vaste serre à l'abandon.

C'est là.

Autour, il y a un grand terrain que je cultive à ma fantaisie, les tomates y fraient avec les géraniums et les melons, qui ne donnent jamais que des fleurs, mais se faufilent au milieu des acanthes.

Cassandra m'apporte ses légumes à profusion, du fromage de chèvre et des olives. Sa fille vient aux vacances avec ses trois enfants qui s'installent dans des tentes autour de sa maison, en contrebas de celle du vieil Achille. J'aime bien ces petits déchaînés et hurleurs qui dévorent mes tartes à une vitesse de gloutons.

Timotheos, presse ses olives et me fournit en huile, il broie même les véreuses, j'ai protesté, il a haussé les épaules en grognant, les vers, ma belle, c'est de la protéine, sans eux, elle serait pas si bonne, mon huile. Quand il tire un lapin, il m'apporte le râble, je n'aime pas le lapin, le sien, je le déguste comme un repas de roi. À ma mort, ils seront tous riches ici.

L'été, tous les matins, je descends à la mer. Le fils d'Achille me garde ses meilleures prises. Je remonte des langoustes, des bars et des daurades quand je reviens du bain. Les langoustes, je les grille, les poissons, j'ai appris à les vider et à les griller aussi sans les écailler. La peau noircie se détache toute seule et la chair est mouillée. Je suis aux anges d'avoir tant de choses encore à apprendre. Je n'écris plus. Je ne me soucie plus de Shakespeare, je l'ai abandonné dans un autre monde, comme je me suis abandonnée et retrouvée, sans bagages, comme au premier jour de la Création. Et c'est bon. Je discute avec les aubergines et les volubilis. J'écoute de la musique accidentellement. Je ne me souviens plus avoir eu des abonnements dans tous les Opéras du monde. Moi, qui n'aurais manqué sous aucun prétexte l'ouverture de la Scala, je tire aujourd'hui sur les mauvaises herbes et je suis heureuse. J'ai appris à pêcher avec le fils d'Achille. Je n'aime pas faire souffrir les poissons. Ni lorsque Timotheos bat les pieuvres à mort sur les rochers. Mais je l'accompagne en barque la nuit quelques fois. Le chemin de la falaise, cela vous entretient. La mer aussi. Je suis la seule à me baigner. Au début, le village se rassemblait pour me regarder enfermer mes cheveux dans un bonnet à fleurs acheté à Philadelphie et filer jusqu'au premier rocher, le Noir, en dos crawlé.

*

J'ai toujours eu une santé de fer, ça va continuer jusqu'à quand ? ni dans mon corps ni dans ma tête, je ne sens mon âge. Qu'est-ce que ça veut dire ? Je suis devenue immortelle ? ou bien je vais me déglinguer d'un coup ? Quatre-vingts ans à la fin de l'été ! et un corps de... soixante... à tout casser...

Comme chaque année, je nage. Cette année, chaque jour un peu plus loin. Timotheos me suit à la jumelle, je vais trop loin, il dit que, passé le Noir, il y a des courants. Je sais, j'y suis déjà allée, plus loin que le Noir. Pas de courants. Je lui ai dit que j'allais battre mon propre record, le jour de mon anniversaire. Parce que tu as un anniversaire ? Quel jour ? Ça, mon Timo, c'est un secret.

*

C'est aujourd'hui.

J'enfile mon bonnet. Le soleil sort la tête de l'eau au moment où j'y plonge. Je me retourne sur le dos. Son éclat tombe sur mon visage. Je prends la cadence, mes hanches se déhanchent, je danse, mes jambes battent au rythme des vagues, mes bras jaillissent, ruisselants, l'un après l'autre et replongent. Je deviens métronome. Parfois, l'eau recouvre mon visage, s'en va, je lèche mes lèvres. L'ombre me recouvre. Le Noir me cache le soleil. Un peu plus loin, il y a un autre rocher, le Gros Noir. Les courants, c'est à cause de lui. On le dit creux, et que les grottes en dessous sont habitées par des sirènes. Si c'était vrai ?.... Les remous prennent de la force, mon rythme n'est plus si régulier. Sans que je sois fatiguée, quelque chose en moi se fatigue, je ne sais quoi, les jambes ou les bras. Le bruit de la mer entre en moi. Il me berçait. Il m'envahit. Il y a un bourdonnement dans ma tête, quelque chose de sourd. Les battements des mollets faiblissent. Mes bras sont lourds. Je peine à les tirer de l'eau. La mer devient pesante à soulever et rechigne à se laisser faire. Je n'ai pas de crampe. C'est comme si j'en avais. Mes cuisses et mes mollets n'arrivent plus à cadencer les battements. Je les y force et j'oblige mes bras à ressortir. Mon crâne bourdonne plus fort. Le bonnet me gêne. J'ai besoin de toutes mes forces pour l'enlever, je bois la tasse, il dérive, je m'enfonce, je remonte, je cligne des yeux, il est toujours là, le petit bonnet de Philadelphie, mais si loin, il va revenir sur la plage tout seul… je m'enfonce, chaque fois plus longtemps, je descends doucement dans un bleu de céramique amalfitaine, des rayons d'argent croisent le fer autour de moi, verdissent, d'une couleur qui fonce à mesure que je descends et là j'entends la voix de Romano, qui n'aimait pas nager, me dire tu vas trop loin, garde des forces pour revenir… venir…

L'hibiscus

De quel don Juan il s'agit, le chroniqueur n'en souffle mot. Quant à découvrir le nom de la bâtarde assassinée, je m'y suis cassé les dents ! Il use et abuse d'anachronismes, mélange les époques et les lieux, trouble le décor d'un récit dont il jure que le fond est véridique, que tous les personnages ont existé, tels qu'il les montre, qu'il a changé leurs vêtements et les bagues à leurs doigts pour que le véritable infant de son récit jamais opiniâtre chercheur ne puisse le nommer. Les pistes que je suis m'égarent ainsi qu'il l'a voulu. Chaque fois que je trouve une clef, elle entre dans la serrure pour s'y résolument bloquer. Entre Escorial et Alhambra, j'ai noué et dénoué cent fois des fils qui se rompaient sans cesse. Encore que pas tout de suite dans son récit (ce qui m'égare encore plus), il donne à celui qu'il appelle don Juan le physique caractéristique d'un Bourbon. Mais parfois il le décrit tout autrement et il semble qu'il ait mélangé deux princes différents pour n'en faire qu'un. Ce qui me conforte dans cette idée c'est qu'à l'époque des Bourbon, si les salles du palais n'étaient pas encore changées en porcheries et débits de boissons, l'Alhambra était déserté par la famille royale, par conséquent les scènes qu'il situe dans la cour des Lions ne peuvent s'être déroulées en ces lieux, à cette époque. Ou bien, il nous trompe en transplantant ses personnages dans le passé ou c'est le décor qui est faux et la scène devrait se dérouler à l'Escurial. Tout est à l'avenant. J'ai renoncé à reconstituer la vérité des faits et je livre la chronique telle qu'il la rapporte avec ses faussetés et ses invraisemblances qui font grincer l'historien que je suis.

*

L'étiquette était le maître mot.

Dès leur plus jeune âge, comme en témoigne Vélasquez, les infantes apprenaient à se mouvoir avec des gestes mesurés de poupées mécaniques dans des robes carcans, si lourdes et rigides qu'il fallait les soutenir par les coudes pour qu'elles pussent grimper les escaliers. Les mariages royaux, qui parfois engageaient des enfants à naître, se concluaient ou non, selon que les alliances changeaient. Philippe II, le fils de Charles Quint, par deux fois, épousa des filles de roi destinées à son fils, Verdi en fit un Opéra : *Don Carlo* ou *Don Carlos* qui évoque un des vols de la fiancée par le père. C'est moi qui ajoute cette réflexion, Verdi n'étant pas né à l'époque (je devrais dire aux époques) où on peut situer la chronique. Venues le plus souvent de France ou d'Angleterre, des Flandres quelques fois, ces princesses montaient sur le trône à elles dévolu ou repartaient vers d'autres cieux. La politique était, comme toujours, retorse et de sombres secrets grouillaient dans l'Escorial (donc on suppose que l'action se passe à Madrid). Inconnus, oubliés, sacrifiés, on y voyait glisser dans ces dédales des êtres curieux, aux mystérieuses origines. Parmi eux, une fleur au parfum inconnu, intriguait par son étrange destinée.

Trouvée par une nourrice, qui passait occasionnellement en un lieu écarté, et rattrapa un couffin couineur posé sur un parapet avant qu'il ne s'écrase trente mètres plus bas, le bébé reçut le prénom de Laia, ne fut pas confié aux cuisines, mais à une duègne vieille et muette sur laquelle courait le bruit controversé qu'elle aurait, dans sa radieuse jeunesse, défloré l'empereur. Dans une Cour où tout geste est codifié, Laia ignorait quelle était sa vraie place. On la faisait instruire, elle ignorait à quelles fins. L'inquiétude la rendait craintive, elle grandissait, secrète, isolée, blonde et pâle, ses yeux myosotis bordés d'ourlets roses toujours en alerte, on la voyait s'enfuir dans les couloirs pour se blottir dans des recoins obscurs, altière cependant, l'air d'un fennec des sables prêt à vous bondir au visage. Dès qu'elle commença d'avoir quelques rondeurs, suffoquant lorsqu'une servante laçait sur elle son corsage, mais terrifiée par sa féminité naissante, elle réclamait d'être plus étroitement serrée. Lorsqu'on démêlait sa chevelure hirsute qui moussait comme les vagues du Manzanares (on est toujours à Madrid) retroussées sous les arches, une vague d'or lui cernait le visage, nimbait ses épaules et ruisselait dans son dos, étrangeté qui la troublait autant que ses formes naissantes. Elle rassemblait prestement ce nuage translucide pour l'enfouir sous une coiffe, et plantait elle-même les épingles destinées à empêcher le velours emperlé de glisser, sans se plaindre jamais ni d'une mèche qui tirait ni des griffes qui lui retombaient en pointe sur le front, enserraient ses tempes et sa nuque. Les duègnes perplexes se demandaient si la nourrice avait bien fait de sauver cette créature surprenante avec laquelle elles ne parvenaient à créer aucun lien, qui paraissait vouloir se fuir elle-même avec autant de détermination qu'elle évitait leur compagnie.

*

Le long des colonnes alternaient grenadiers et hibiscus, au centre de la cour, un jet d'eau clapotait, la margelle encerclée de myrtes couverts d'étoiles aux fragrances d'autant plus excitantes par cette canicule que contradictoires : résineuses, boisées, âpres, mais onctueuses. Don Juan s'arrêta, posa le pied sur la margelle, œuvre d'un émir nazris, Mohamed Al-Ahmar ou Youssouf : qui le savait, qui s'en souciait ? (et comment de Madrid retrouve-t-on nos personnages à Grenade, car ils sont à l'Alhambra bien que la cour ne soit pas nommée ni les lions décrits, mystère !). Le bruit du jet rendait la chaleur plus torride. Alors qu'il allait plonger les doigts dans la vasque, il s'interrompit : à la surface, une divinité, la tête en bas, brandissait une lance d'un or si bouillonnant qu'il se cacha les yeux. Lorsqu'il retira sa main, l'image dans le bassin n'avait pas remué. Elle était double. Soudée à son reflet par les pieds, Laia, devant un grenadier dont le soleil traversait la ramure fléchée de rayons, cherchait des yeux par quelle issue échapper au piège alors que le poids de sa robe aux plis démesurés l'empêchait de courir. Il eut un rire sec, imaginant la jouissance de celui qui donnerait chair de femme à cette apparition, il brisa une branche d'hibiscus et, s'approchant à la toucher, promena les corolles sur la bouche d'un rouge que le crémeux insolite du teint rendait éblouissant. Il sentait fort le cuir, le cheval, la sueur, l'homme. Elle n'avait pas d'odeur, le marbre n'en a pas, sauf mouillé. Elle ne l'était pas, elle saisit la branche et s'enfuit, titubante, les hanches chargées d'une voilure de caravelle. Arrachant une fleur, les autres doigts relevés en virgules aériennes, elle disparut, ayant lancé la branche dans un massif de roses. Il se laissa tomber dans le bassin en riant (Comment, dans cette scène, peut-on imaginer un Bourbon ? Pour moi, je vois un autre prince, bien antérieur).

Les jours suivants, il accula l'apparition dans le cloître aux azulejos. Assise, elle lisait. Devant elle, les jambes ouvertes, l'empêchant de remuer, il lui raconta comment les rois catholiques avaient unifié l'Espagne et chassé les mahométans. Il racontait très bien, y compris les massacres, faisant couler le sang, à flots. Elle écartait les pieds s'il y en avait trop. Il continuait de le faire monter, lui faisait respirer l'odeur de la poudre, des excréments et de la mort. Sous les deux voiles abaissés des paupières, elle contemplait ses mains posées sur ses genoux et le livre abandonné entre ses doigts, dont les feuillets hésitaient à se joindre. Il lui prit l'ouvrage, c'était le poème du Bassin des lions, du vizir Ibn Zamrak. Il commença au hasard :

« Ne vois-tu pas comment l'eau s'étale sur le bassin, comment ses jets en toute hâte la cachent ? C'est un amant, ses paupières débordent de larmes, des larmes qu'il cache par peur d'un délateur. N'est-ce pas, en réalité, comme un nuage blanc ? »

Elle leva des yeux enfantins aux bordures roses. Il mit sa bouche sur la sienne, rudement, brièvement, et feignant de lire, il inventa des mots abrupts, grossiers, crus et cruels. Il était sec, noir et dur, penché sur elle. Les veines bleues tendues battaient le long du cou très pâle, il ignora pourquoi il eut envie de les trancher, mais recula voyant le cœur cognant sous le corsage roide lacé si serré que l'étoffe ne pouvait remuer. Il imaginait la lame avec laquelle il ferait sauter les lacets quand elle lui céderait et, la main sur le manche, continuait de parler d'une voix basse et rauque, tendre et soyeuse.

Les paumes sur les oreilles, elle n'en peut plus, se dresse, elle a oublié le poids de sa robe, trébuche, reprend son équilibre. Mais il est sur elle, écrasée. L'odeur fauve de la bête humaine pénètre en elle. La veine désordonnée palpite plus fort à son cou. Elle ruisselle, elle étouffe. Il tire sur les plis énormes, il la touche – et elle répond. Il la relève, l'assied sur le banc, lui met le livre entre les mains et quitte le cortile à grands pas pour assister aux vêpres.

*

Le dimanche à la messe, près de l'autel de san Domingo, sous une grille monumentale de la chapelle mozarabe, au pied du *Martyre de saint Maurice* (retour à l'Escurial donc, puisque le *Martyre* est une commande de Philippe II au Greco, nous serions donc au seizième siècle ?) elle est immobile les mains jointes et les yeux baissés, hiératique, irréelle de blondeur pâle et bleue. Elle sent peser sur elle l'infant qui la crucifiait avec sa fraise roide, son habit noir, ses sourcils sombres aux hautes arcades, son nez étroit et sa bouche aux lèvres trop grasses (voilà le Bourbon à la lippe hautaine, ce n'est pas celui que je voyais se précipiter dans le bassin après leur première rencontre). À ce contact imaginaire, le corps glacé de Laia se rétracte et sa robe et sa coiffe paraissent trop grandes pour elle. L'hostie entre les lèvres elle a un haut-le-cœur d'effroi croyant sentir une langue entre ses dents. On la trouva tombée dans un couloir disant des paroles sans suite, balbutiant d'une voix brisée qu'elle était une fille maudite. « Peut-être qu'elle l'est », jeta une suivante, s'éloignant en courant.

*

Ils se retrouvaient dans le cloître. Il feignait de lui lire le poète dont il travestissait toujours les mots. Entre les paupières roses, un filet de regard myosotis se fixait sur l'épaisseur des lèvres que mouillait un filet de salive. Enchaînée par des obscénités qui lui faisaient bouillonner le sang, embrasaient ses joues et son front, animaient la chair froide de ses seins et de ses cuisses, persuadée malgré tout qu'elle voulait le fuir, elle se levait, il lui coupait la retraite, elle trébuchait contre ses bottes, il la laissait tomber et il était sur elle, dans les plis démesurés – et une chair brûlante de chienne en chaleur répondait à la bestialité du mâle en rut.

Aucune intrigue ne reste secrète à l'Escurial.

La reine savait tout. S'il fallait des vierges à don Juan, on lui en donnerait. On fournit. Il déflora.

Mais il voulait toujours Laia, l'enfant vitrail qu'il pouvait faire chair.

À ce mal aussi, la souveraine connaissait un remède. Nommé à un haut commandement militaire, enivré d'avance par les victoires que lui promettaient les officiers de son père, don Juan se prépara à la guerre. Il n'était pas parti encore, que Laia n'était plus qu'un souvenir. Il ne la traquait plus, ne la torturait plus, n'ouvrait plus en elle de blessures vives, ne la faisait plus descendre dans le feu.

Seule, de portique en jardin, l'abandonnée errait comme une nonne, les yeux baissés, ne voyant pas les colonnes de marbre ni les bassins bordés de myrtes, pas même l'hibiscus aux fleurs de pourpre et d'or. Sa pâleur ternissait, ses joues perdaient leurs moelleux contours, ses lèvres leur couleur. Seuls ses cheveux conservaient leurs reflets de soie, mais elle baissait tristement la tête et parfois une larme dévalait de ses yeux lorsqu'elle songeait que don Juan pouvait être tué. Ce fut son frère aîné qui fut emporté non point à la bataille, au champ d'honneur, d'un glorieux coup de mousquet ou bien de hallebarde, dans son lit, d'une grippe perfide. Cette mort faisait don Juan prince des Asturies, l'héritier de la couronne. Il se battait au loin et l'ignorerait le temps que les coursiers lancés au triple galop à travers l'Europe ne lui apportent la nouvelle.

*

Le cœur pétrifié, l'enfant parut devant la souveraine qui sourit, comme sourient les reines satisfaites :

« Laia, donnez la main à don Almodovar de los Ojos que je vous donne pour époux. »

Dressée à ne rien laisser paraître de ce qu'elle éprouvait, Laia chancela tandis qu'un hidalgo, qui avait quatre fois son âge, s'approchait d'elle que la reine venait de doter pour la livrer. Le mariage eut lieu le jour même. Laia étant sans voix pour répondre, le prêtre dut poser la question deux fois.

Obéissant aux ordres, la cérémonie achevée, le mari repartit pour ses terres, conduisant sa femme dans une voiture fermée, il monta dans une autre, le lourd cortège s'ébranla, quitta les plateaux pour la sierra. Un vent cuisant sifflait autour des attelages. On arriva à la nuit close. C'est à peine si Laia entrevit de hautes murailles, une porte avec un décor formé par des têtes de clous en demi-orange, *media maranja*, et puis, à la lueur des torches, les mascarons sur les portes des tours mudéjares, une grenade sculptée dans la pierre qui lui serra le cœur. Descendue de voiture elle se laissa conduire dans une forteresse où les seules décorations étaient des armures complètes qui semblaient tituber aux lumières.

Déshabillée, lavée de la poussière ocre du chemin, à peine couchée, elle s'endormit. Réveillée par celui qu'elle avait épousé quelques heures plus tôt, qui entrait dans sa chambre flambeau au poing, elle cligna des yeux, vit ce visage étranger au-dessus d'elle, ne comprit pas ce qu'il faisait chez elle, en pleine nuit, se redressa, faisant rouler l'or blanc de ses cheveux sur ses épaules. Il accrocha le flambeau et souleva la chemise. Elle recula, il la rejeta sur les oreillers et bascula sur elle. Il lui encerclait l'épaule, le cou, le sein. Elle avait quinze ans, il en avait cinquante. Terrifiée par ce qu'elle croyait être le comportement d'un fou, elle jeta un cri perçant, s'arracha à lui et se sauva. Il appuya sur un timbre. Une duègne entra. La vieille, en ses jeunes années, avait nourri le maître. De noir vêtue, avec une ample fraise qui oscillait sous le visage fripé, elle marcha sur l'enfant, lui saisit le poignet dans sa griffe et la tira, un bras passé autour de son cou, jusqu'au lit. Le mari la mit nue et, la vieille, assise sur les pieds de leur victime, il enjamba le petit corps.

À l'aube, les servantes trouvèrent vide la chambre nuptiale. Un garde dénicha Laia cachée dans un créneau, le jour elle avait peur du vide, elle attendait la nuit pour se jeter. Il lui promit le secret et d'apporter des figues sèches pour attendre le soir – et courut dénoncer sa cachette. Attachée à son lit, tout le château venait la sermonner, les plus assidus étaient le chapelain et le mari. Elle tremblait dès qu'il poussait la porte. La vieille la levait, l'habillait, l'escortait à la messe, la menait à la table pour les repas et faire un tour dans le jardin clos de hauts murs, vilain, aride, desséché, sans odeurs poivrées, sans parfums capiteux, sans hibiscus ni grenadiers. Sans l'infant. Ensuite, elle la reconduisait dans sa chambre et recommençait de l'attacher.

Toute la maison parlait de la jeune mariée ravagée par les assauts de son mari, qui faiblissait. Le quatrième jour, la vieille mêla des poudres à une forte boisson. Dès lors, Laia fut docile et non plus chatte en furie crachant et griffant dès qu'on l'approchait.

Les semaines passaient.

La vieille palpait le ventre de Laia, inquiète qu'elle ne fût pas grosse.

À la fin de l'été, des tourbillons de poussière s'élevèrent au milieu des blés dévastés par la chasse du prince des Asturies. Don Almova expédia un messager s'offrant à servir le prince dont la suite déjà colportait l'extravagant récit d'une mariée somnambule qu'on gardait enfermée le jour et enchaînée la nuit. Par jeu, don Juan paria avec ses officiers qu'il se ferait présenter la captive. L'héritier du trône n'avait pas souvenir des amours de l'infant.

Laia observait la ronde des âniers qui entraient dans la cour, leurs bêtes lourdement bâtées, chargées de légumes et de fruits, les plus juteux, les mieux gorgés de sucs, elle assistait à l'arrivée de bêtes qu'on parquait dans des enclos et au va-et-vient incessant des femmes entre le puits et les cuisines. Dans la maison, on sortait des coffres les nappes, les vaisselles d'or et de vermeil. Si elle interrogeait, la vieille qui ne la lâchait pas lui répondait qu'elle serait instruite le moment venu et qu'elle aurait tout lieu de se réjouir de la qualité de ses hôtes. Sa figure ravinée, oscillant sur la fraise qui encerclait le cou décharné évoquait le chef décollé de saint Jean le Baptiste offert à Salomé par le tétrarque Hérode de Judée.

Le jour de la réception, Laia ignorait toujours le nom des invités, mais y avait en elle, au lieu du calme plat de la résignation, le frémissement d'une attente nouvelle, elle humait l'air avec une impatiente curiosité, comme un étalon attend la main qui va le flatter. Elle contenait mal une curiosité que chacun refusait de satisfaire et qui s'accrut lorsque don Almova lui fit porter une tresse d'or pour cercler sa chevelure et un collier qui ruisselait de perles lui ordonnant de s'en parer. Alors, palpitant de tout son être, elle sut qu'on recevait un prince, celui des Asturies peut-être. Ses joues de pâles devinrent livides avant de s'empourprer d'une teinte violente qui, en se dissipant, laissa des marbrures violettes. Don Almova, qui entrait, chassa les servantes et garda la duègne, lui reprochant le teint brouillé de sa femme. Elle est nerveuse, dit la vieille, trop curieuse, il lui vient des idées. Les doigts secs rehaussèrent les joues de couleur, peignant les lèvres transparentes d'un rouge vif. Satisfait, le mari conduisit Laia dans une salle de parade et la pria de gagner, sur une estrade couverte de tapis d'Orient, le fauteuil qu'il lui désigna. Tandis qu'elle grimpait les marches, un gnome sautillant, qui tenait une trousse, entra à son tour. Elle ne connaissait pas ce contrefait. Docilement installée dans le fauteuil, elle attendait. Don Almova annonça que sa jeune femme devait ce soir faire honneur à des hôtes remarquables, qu'il serait bon de l'y aider en apaisant une nervosité bien compréhensible. Il demanda au nain de la saigner. Effrayée, elle refusa en se dressant. D'une main plaquée sur sa poitrine, la vieille la repoussa, lui encorda le bras de sa ceinture, lui retroussa la manche et s'empara d'une bassine préparée derrière le fauteuil, tandis que le barbier, s'approchait, lancette à la main. Avec plus de douceur qu'il ne lui en avait jamais manifesté don Almova chuchota à sa femme que sa beauté ce soir devait éclipser toutes les femmes : saigner était indispensable.

Tandis qu'il parlait, que la vieille la maintenait, le nabot plongea l'acier dans la chair. Le sang clair jaillit. La cuvette était profonde, le sang faisait une flaque, au fond, qui se gonflait. En un tournemain, le barbier fit un garrot, rassembla ses instruments et se dirigea vers la porte. La fraise de cérémonie roide autour de son cou, les bras croisés, don Almova lui coupait la retraite :

« Saignez, monsieur !

— J'ai saigné, Monseigneur !

— Recommencez ! »

Laia sentait des coups dans son bras : c'étaient les battements de son cœur qui se répercutaient dans sa blessure. Ses tempes brûlaient. Elle entendit la voix au tranchant de rasoir :

« Saignez ! »

Le barbier recula d'un pas.

« Saignez ! » Tête basse, tournant le dos au maître, il revint près du fauteuil. Il était si petit qu'elle assise, lui debout, leurs visages étaient à la même hauteur. Leurs regards s'affrontèrent. Il détourna les yeux.

Toujours devant la porte et l'épée au côté, don Almova gardait les bras croisés. Le jour qui le frappait de côté le faisait paraître plus maigre, plus sec, plus vieux. Laia devina qu'elle ne quitterait pas cette chambre vivante mais si celui qu'on attendait était l'infant don Juan, si c'était lui vraiment, il allait la sauver. Don Almova, jusqu'à présent, avait agi pour l'honneur, devant ce sourire d'amour qui resplendissait sur sa femme dont les lèvres mi-closes laissaient échapper « don Juan », la haine lui déchira les entrailles et il prit un sournois plaisir à contempler l'exécution.

*

On entendit un galop sur le chemin qui montait le long des remparts, un échange de mots, une voix haute et claire, le bruit de ferrures qu'on poussait, un murmure qui s'enflait dans toute la maison et chuchotait ce nom : « don Juan... » puis les dalles sur lesquelles sonnaient ses bottes tandis qu'il grimpait l'escalier, traversait les salles aux armures rouillées, aux coffres alignés au pied des murs, tout répétait le nom qui venait de franchir les lèvres de Laia dont le sang continuait de couler, non plus à flots, à petites giclées. La rosée lui inondait les tempes, un souffle discordant sifflait entre ses lèvres, pénible, irrégulier, fugace. Elle fermait les yeux. Pourtant, elle voulait le voir et s'efforçait de soulever ses paupières inertes qui n'obéissaient plus. Dans sa poitrine, battait une aile d'oiseau blessé qui s'envolait à la rencontre de don Juan, le rejoignait dans ces escaliers sombres et ces interminables galeries où les torches brûlaient en plein jour. Elle aperçut encore don Almova, il devenait flou, sa silhouette incertaine se pliait, s'estompait, n'était plus qu'un mirage. Don Juan approchait. Un vent strident sifflait dans la salle d'apparat. D'où venait ce vent ? Elle aurait aimé soulever une main, la porter à son front pour soulager sa tête, mais l'une d'elles pendait sur l'accoudoir, d'où s'échappaient des gouttes, l'autre ne bougeait pas.

Devant la porte, don Almova s'inclina, baisa la main du prince des Asturies, qui le releva.

Laia, qui voulait se lever, vit la cuvette s'approcher d'elle alors qu'elle lui tombait dessus, la vie s'étant échappée d'elle, les yeux de myosotis encore ouverts sur un sourire d'amour. Aussitôt enlacée par la duègne, qui dirigeait le corps inerte, la jeune morte glissa sur les genoux, le front à terre devant l'héritier de la couronne arrêté sur le seuil qui ordonnait qu'elle se relève, sans avoir le temps d'entrer ni de s'attarder, entraîné par son hôte.

Au cours du festin, dont on parla longtemps, don Juan s'enquit de l'absence de son hôtesse, à peine entrevue avant qu'elle ne bascule dans un plongeon respectueux qui lui avait dérobé un visage qui paraissait très beau. Un malaise de femme, l'excusa le mari. Un page de don Juan pouffa, pariant pour le malaise d'une dévote qui abusait du vin de messe. Don Juan rappela à l'ordre le page, mais il avait souri.

*

La nuit même, les cavaliers noirs de l'Escurial sont venus prendre le corps. On chuchote dans les sombres couloirs du palais, les souterrains où bruissent les énigmes à tout jamais enfouies dans l'éternel silence, que la reine a fait ensevelir Laia dans une chapelle secrète où reposent les bâtards impériaux dont la couronne a voulu effacer le nom.

Théâtre de verdure

C'est la première fois que je t'écris, tu vas voir, ça vaut la peine. Je l'ai décidé : Je ne me rendrai pas complice de ta mort et ce que tu veux, maintenant, j'en suis sûre, c'est mourir dans un feu d'artifice devant la planète rock collée à son écran. Je me suis renseignée, dès que je l'ai appris, j'ai cliqué pour savoir s'il restait des places à ton spectacle, dans les vols et les hôtels. Il en restait. J'ai consulté la météo. Excellente. Le désir de revoir cette ville, je l'ai toujours eu, tu t'y produis à la meilleure saison et c'est évidemment pour moi la dernière occasion d'y retourner. Dix ans après notre rencontre.

Pourtant je suis encore, en dépit de ce que je proclame, dans une tenaille entre désir et refus du désir, éternelle question avec toi. La réponse existe dans les tréfonds d'un moi que je n'ai pas envie de regarder en face, puisque je refuse depuis toujours de résoudre ce dilemme entre moi et moi, dont tu fus le merveilleux prétexte, et si je pouvais retirer l'adjectif, c'est sûr, je partirais, j'irais retrouver cette ville des profondeurs obscures de l'Histoire, des noirceurs et des éblouissements qui jadis furent les miens. Je me retrouverais là-bas, comme à dix-huit ans je partais avec un autre que toi m'enfoncer dans l'odeur effroyable des catacombes, oui, je retournerais dans ces terrifiantes entrailles évaluer l'intensité de ma terreur aujourd'hui et après, au soleil, je me jetterais dans la première ivresse bonne à remplacer celles de ma jeunesse, c'est facile, l'ivresse n'est pas extérieure, elle est en moi, ne dépend que de moi, je la déclenche à volonté, je l'appelle, elle est là, cette drogue qui se sécrète toute seule et provoque la transe, de sexe ou d'écriture, c'est pareil. Non, ce n'est pas pareil ! ce qui l'est, c'est la puissance du transport qui les provoque. Je ne dirais pas que n'importe quoi les provoque, mais toi, qui avais ce pouvoir, tu l'as perdu. Es-tu tombé de mon cœur ? Ah ! ce serait trop simple. Tu n'as pas disparu de ma carte du tendre, mais tu n'y règnes plus et je pleure.

Une pandémie a suffi. Quelques mois sans toi, chacun bloqué à l'autre bout du monde. Le temps de passer, sur notre passé, la revue de détail.

Les jours ont filé depuis, mais je n'ai pas l'intention de faire de toi une occasion de voyages sous prétexte que ce que j'ai mis des années à tisser près de toi se détisse tout seul.

J'aimerais assister à ta performance, tout en n'y assistant pas, c'est compliqué, je voudrais te voir de l'extérieur en étant dédoublée, qu'une autre que moi y assiste pour moi, connectée à moi qui préfère me tenir désormais à quelques années-lumière.

Pendant beaucoup plus longtemps que tu ne l'imagines, j'ai eu mal, et encore un peu maintenant à chaque point qui se défait. Mal, oui, mais pas de plus en plus comme c'est arrivé jadis, au contraire et le *decrescendo* me trouble profondément.

Au moment où j'allais cliquer pour réserver l'hôtel, j'ai su que je n'irai pas malgré les encouragements de booking.com : « Plus qu'une formalité et vous avez réservé ce séjour exceptionnel, idéal pour les voyageurs isolés, il vous reste dix minutes pour finaliser votre réservation, n'hésitez pas, vous pourrez vous décommander sans frais. » Ils sortent le même baratin aux couples et aux familles, aux vacanciers et aux travailleurs.

Jusque-là, j'avais joué à croire que j'allais partir pour te voir encore une fois.

*

Tu as choisi le seul endroit où tu sais que je ne viendrai pas. Parce que je sais ce que tu caches au monde entier. Sur les réseaux sociaux, tu clames que puisque les théâtres sont fermés pour cause de Covid, tu vas là où tu es invité parce qu'après dix mois d'enfermement tu veux recommencer, que tu seras le seul crooner au monde à donner un concert « en chair et en os » sur une planète où tout n'est plus que retransmissions. Pas mal, ton clip ! Tu as toujours eu un vrai sens de la com. Au téléphone, tu m'as dit que tes fans en folie se précipiteront de tous les pays d'où il est encore (ou de nouveau) possible de venir, que ton spectacle sera retransmis dans le monde et ton triomphe planétaire. C'est probablement vrai. Quand ça te chante, si j'ose dire, tu fais déborder le Champ-de-Mars, tu remplis les stades aux quatre coins du monde et les places pour tes concerts s'achètent au marché noir.

Pourtant, je ne crois pas ce que tu racontes et tu ne le crois pas non plus.

Dans les conditions où nous sommes, les gens ont peur et, sauf une poignée de véritables cinglées, rien ne dit que tes groupies vont se précipiter. D'ailleurs, si ton public venait, le théâtre de Verdure serait beaucoup trop petit.

Il y a autre chose derrière ce concert, mais quoi ?

*

Il m'a fallu plusieurs nuits pour comprendre.

Le jour, je tournais à vide sans avoir le temps d'y penser. Depuis ton annonce, relayée à la minute par les médias qui n'ont plus rien à se mettre sous la dent depuis des mois, dans la solitude où chacun se trouve claquemuré par le confinement mondial, j'ai reçu des appels en folie. Comment peut-il organiser pareille soirée ? Un gala aujourd'hui ? En public ? C'est possible ? Comment on fera, si on est coincés et qu'on ne peut plus sortir du pays pour rentrer chez nous ? Il n'y a plus de vols. Comment il y va, lui ? Jet privé ? Et toi ? Moi, à la nage, dans les îles toujours !

Tu vas débarquer dans l'une des villes les plus dangereuses du monde. Comme quand tu as chanté au Colon de Buenos Aires ou pendant la tournée de Tel-Aviv à Arkhangelsk, passant par Moscou et poussant une pointe en Mongolie parce que tu voulais voir du pays et qu'en venant de New York, tu avais visionné un film sur Gengis Khan. Tu me disais : « Ce type m'inspire, il a conquis le monde très jeune, comme moi. Comme toi ? Ben, oui ! On va écrire les chansons, je me ferai une queue cheval, tu verras le succès, j'enregistrerai un CD, Gengis Khan, et on organisera des tournées mondiales. Je vais en parler à Karin, tu vois ? » Rien, je ne voyais rien, mais je te revois dans cet avion où nous nous étions trouvés ensemble par hasard. À dire vrai, je ne sais rien de tes décisions ni de ce qui les motive. Ce que j'apprends de toi, à la distance où tes proches me relèguent, appartient à l'ineffable, dont il est impossible de parler, c'est une connaissance secrète qui ne concerne pas les faits, une connexion à l'intérieur de la tête qui me permet (presque) de devenir toi, d'apprendre ce qui se passe en toi comme si j'étais toi. J'ai souvent fait le tour, jadis. Je me suis débranchée. Je n'ai plus rien à découvrir. J'ai du mal à le croire : je vois encore défiler les secrets qui m'ont liée à toi et je découvre avec un certain effroi que liée, je ne le suis plus. Pourquoi ? comment suis-je déliée sans préavis d'un attachement unilatéral ? Tu n'as jamais emprunté aucune des passerelles que j'ai lancées vers toi pendant ce confinement, mais ça n'explique rien : le passage secret s'est refermé. Toi au moins tu n'en souffriras pas.

*

Pendant ces jours où je n'avais pas encore acquis la certitude que je ne viendrais pas t'entendre, la nuit, j'allais marcher dans ces endroits absurdement interdits pendant le couvre-feu instauré dans une région qui ne comptait pas un malade tant que les vacances-tout-est-permis n'ont pas été déclarées. Maintenant, les malades sont partout et les décisions continuent de tomber comme des balles d'un tennisman incontrôlable, ce qui est permis ou défendu, je n'en sais rien, la nuit, je vais à la rencontre de la mer qui borde aussi la ville de ton concert, je la regarde dans l'obscurité, le silence et l'odeur sombre des remous. La surface roule des vagues ourlées de bave blanchâtre sous l'œil borgne d'une lune crevarde. Le bruissement s'enfonce en moi, je deviens remous, mouvement, respiration, liquide. Je parviens à la vision.

Et j'ai peur.

*

Longtemps, j'ai rassemblé les pièces du puzzle de ta vie. Tu me les as reprises, une à une, avant que j'aie eu le temps de les assembler, tout doucement avec ton infinie patience, sauf une fois où tu as hurlé dans le téléphone, m'ayant réveillé à trois heures du matin. De mes fouilles dans les bibliothèques de tous les coins du monde, de mes recherches sur le Net, de mes trouvailles de documents enfouis sous des tonnes de poussière, rien ne reste. Tu as tout balayé, disant : « J'en ai besoin » et d'un clic tu effaçais sur mon ordinateur des fichiers introuvables que j'avais dénichés à force d'obstination. Tu disais : « C'est pourri, tout ça ! ». Tu es beaucoup plus fort que moi, je fouillais la corbeille après ton départ, elle était vide. Comment ai-je pu te laisser me prendre tout ce que j'avais rassemblé, c'est un mystère. Je te parlais d'une découverte, tu me disais : « C'est faux, c'est n'importe quoi, des *fake news*, tu ne vas pas croire ça ? » Des témoins de ton lointain passé venaient me trouver pour me parler de toi, de ton père, de ta famille, tu les balayais comme tu détruisais mes pièces à conviction. Si grand est ton pouvoir de persuasion, ton charme, ta séduction que les médias, dont certains, forcément, savaient quelque chose, ne pipaient mot, bâillonnés comme moi, la dernière arrivée dans ta galaxie.

*

La lune se déplaçait vite.

Ou c'est moi qui restais longtemps sur la plage.

J'avais deux séries d'informations, l'une sans l'autre ne servait à rien, mais les deux emboîtées, tout devenait limpide. Tu m'avais tout repris, toutes les preuves. Tu n'avais pas pu me vider la tête.

Je sais.

*

Tu avais sept ans. De retour de promenade avec ta mère, vous avez découvert le corps de ton père, plié en deux devant l'hôtel. Le sang n'était pas sec. Chanteur de charme napolitain, il remplissait à grand-peine le théâtre de Verdure où tu vas donner ton spectacle mondialement retransmis et tu as réservé dans le même hôtel que lui le jour de son assassinat, un trois-étoiles ordinaire, toi qui ne fréquentes que les suites royales de palaces jamais assez fastueux pour toi. Tu prétends que la Covid t'empêche de gagner ta vie et grève ton budget. Mais le plus grand crooner du monde, peut sacrifier une de ses Rolls de collection, son jet, son appartement de Colombus Square, sa villa en Sardaigne, son hôtel de l'Île-Saint-Louis, son penthouse de Covent Garden, son rez-de-jardin vénitien ou l'un de ces biens secrets dont j'ignore l'existence. Comme tu leur es très attaché, si tu dois renoncer à l'un d'eux, je t'enverrai le petit emoji qui a la larme à l'œil.

*

Tes choix absurdes, le concert, le théâtre et l'hôtel constituent un début de preuve.

J'en ai d'autres.

À dater de l'assassinat de ton père, ta trace se perd. Ta mère a changé de nom. Toi aussi. De nom et de pays. Plusieurs fois. Pour t'éloigner de la musique, elle t'a forcé à devenir informaticien. Avec tes copains, tu imitais Eddy Mitchell et Johnny Halliday. Tu chantais *Georgia in my mind*, *Procol Harum*, *A whiter Shade of Pale*, *Warum*. Tu as tout renié de cette époque et tu es miraculeusement apparu sur les grandes scènes du monde, pareil à un météore tombé d'une étoile, sans passé. Exactement ce que tu voulais.

Un soir, dans un taxi nocturne, tu m'as dit : « Je vais mourir. — Pas plus que d'habitude ! — Imagine, au lieu du déclin, un feu d'artifice ! » J'ai essayé de te suivre : « Tu veux rejoindre les pharaons dans l'éternité des étoiles ? » Tu avais un sourire bleu : « Ce serait rentrer chez moi, je suis une étoile, tu le répètes sans arrêt. — Je ne répète rien de tel même si je te sais incomparable, mais il arrive que tu lises en moi comme moi en toi. »

Un jour, il m'a dit que plus personne n'avait le souvenir de son vrai nom, qu'on le croyait américain. Il me racontait que son père était un pur latino, noir de cuir et de cheveux, noir d'encre et de corbeau, alors qu'il descendait, lui, d'un soldat de la garde viking des sultans de Constantinople qui avait guerroyé en Sicile contre les Sarrasins. « D'où tu sors ça ? — C'est toi que me l'a raconté. — Je suis sûre que non. » Il est fort en histoire, sauf qu'il mélange un peu, il a appris trop vite. Il a tout appris trop vite dans la fulgurance qui l'a projeté au sommet, tout, sauf la musique parce qu'il est musique, il n'aurait pas résisté à toutes les modes sans cela.

Mais il suffit qu'il enfile son costume blanc pailleté, cible parfaite au milieu du tournoiement des projecteurs, et grimpe sur scène avec sa guitare aux diamants, vrais, les diamants, pour que le monde braque les yeux sur lui. Depuis vingt ans. Tu m'as dit que tu allais là-bas pour « les » conquérir. Tu as menti. Tu vas les défier. Tu prends le risque d'y mourir, parce que de toute manière, tu meurs sans chanter depuis des mois, et tu te persuades que tu vas survivre à Palerme. Un jour tu m'as dit que tu n'aurais jamais d'enfant parce que tu ne voulais pas les voir finir comme ton père. Tu ne fais pas d'enfant pour arrêter, avec le fil des générations, celui de la mort violente.

*

Je te préviens : même mise en scène par toi, je n'irai pas assister à ta fin. Si la nuit au théâtre de Verdure n'est pas la dernière de ta vie, tu as proclamé que ce serait celle de ton dernier concert. Je ne veux pas voir ça non plus. Quand tu reviendras, je ne serai plus là. Rien ne dit que tu t'apercevras de mon absence.

Ton père refusait d'être racketté. Ils l'ont tué. Ta mère a tranché les racines entre ton père toi, pour s'apercevoir que ça ne change rien : la main Noire est sur toi. Tu ne peux pas avoir oublié que je le sais. J'étais dans ta loge quand tu as pris l'appel. Tu as laissé le haut-parleur. Tu n'as fait aucun commentaire. La nuit, des cauchemars viennent me hanter. J'ai vécu ta mort mille fois, je ne veux pas savoir ce qui va se passer au théâtre, dans la rue, à l'hôtel. Je te veux immortel. En vie pour toujours, et vivant après moi, aussi c'est ici que je te fais mes adieux.

*

J'ai trouvé une île. Dimensions : timbre-poste. Accès : deux vols par mois, un bateau, une piste jaune et un petit coucou. Pour se connecter, il faut réserver le coucou, changer d'île, rouler pendant quelques kilomètres de piste jaune et on a la poste à disposition. Les habitants de l'île ne s'y rendent jamais. Je n'irai pas non plus. Je ne saurai plus rien du monde, plus rien de toi. Plus rien à un point dont tu n'as pas idée : J'ai réservé un aller simple.

La petite fille qui faisait entrer le froid

J'ai quatre ans et demi, enfin, pas tout à fait, il s'en manque d'un petit peu. Je suis née en plein été. Maintenant, c'est l'hiver. Maman prétend que je m'appelle Élisabeth, c'est écrit sur le papier qu'elle m'a montré, livret de famille. Je sais lire, j'ai bien vu que c'est écrit : Élisabeth. Mais partout sur mes cahiers, mes livres, mes coloriages, j'ai marqué Céline. C'est tout de même pas aux autres de choisir pour moi.

Maman dit :

— Regarde, c'est marqué là, tu t'appelles Élisabeth ! Tu sais lire ?

Je sais ! Je lui fais un sourire et j'écris : Céline. Je m'appelle Céline. C'est comme ça. J'ai les yeux bleu foncé, des cheveux en tire-bouchon, très longs, couleur marron glacé, comme ceux qui étaient dans la boîte que Maman voulait donner à grand-maman pour Noël, et que j'ai tout mangés. Grand-maman, je l'appelle grand-mère, comme dans les contes de fées. Et ça fait que je suis la seule ; à l'école tout le monde appelle sa grand-mère, mémé ou mamie, moi pas. J'aime pas les diminutifs. Il y a des tas de choses que j'aime pas, à quatre ans, forcément.

J'ai pas toujours été grande. J'ai même été petite, très petite. J'avais un cheveu sur la langue, racontait Maman, mais c'est aussi une invention, j'ai jamais rien eu sur la langue et surtout pas un cheveu, ça m'aurait bien gênée pour parler. Je zozotais, quand j'étais petite, maintenant encore un peu, mais pas beaucoup. Les « j » et les « ch », c'est dur pour les sortir bien comme il faut.

Aujourd'hui, quand je regarde par la fenêtre, je vois un gros soleil tout rond qui se gondole de rire et deux palmiers devant le lagon bleu. Mais ça a pas toujours été comme ça. C'est depuis que je suis grande, que j'ai quatre ans. Avant...

*

Avant, je me demande si c'est une bonne idée de parler d'avant, de quand j'étais petite.

À trois ans, quand je regardais par la fenêtre, la plupart du temps, à la place du grand soleil qui se marre, il y avait de petits visages qui voletaient. On n'avait pas l'impression qu'ils allaient tomber, ils étaient trop légers; pourtant, ils finissaient par se poser et, à la fin, tout était blanc. Le monde était devenu noir et blanc. Les couleurs étaient effacées, même en écarquillant grand les yeux, on ne les distinguait pas les unes des autres. Noir et blanc, rien d'autre.

L'hiver de mes quatre ans, Maman disait que c'était un hiver exceptionnel, c'est bien possible, mais moi, des autres, je m'en souvenais pas bien, j'étais trop petite à deux ou trois ans, et celui de mes quatre ans c'était mon premier hiver pour de bon. Terrible, disait Maman.

De la fenêtre de Niveline, qui habitait un immeuble, pas comme moi, on voyait une cour, une terrasse au sol bétonné avec des ferrailles abandonnées, rouillées et quelque chose qui aurait pu avoir le courage d'être un jardin (tout petit, mais tout de même !) et n'y parvenait pas.

Il y avait dedans un minuscule appentis au toit pentu, à la porte peinte en bleu et vert, une échelle pourrie couchée contre le mur, un seau rouillé. Pendant les premières chutes, on voyait encore que l'échelle était une échelle et le seau un seau. Après, plus rien, rien que du blanc partout. Ce qui est resté visible tout le temps, c'est le toit de l'appentis et trois branches d'un arbre pelé, même en été.

À droite et à gauche, il y avait deux murs très hauts, très sales. Le samedi, quand elle revenait des courses, Maman disait qu'à Paris, les rues devenaient belles, qu'on ravalait les façades des maisons, qu'on repeignait, mais pas chez nous. Chez nous, ça restait noir. Elle disait pourtant qu'on habitait Paris, nous aussi, mais je l'ai appris depuis, nous, c'était pas Paris pour de bon, nous, c'était la banlieue, des coins qu'on repeint pas.

Le mur de droite, jaune, faut voir ce jaune qui ressemblait à rien, c'était celui d'un garage. On voyait deux chevrons à moitié effacés et l'enseigne qui débordait sur le côté : B.P., en jaune sur un cœur vert. C'est rouge, le cœur, pas vert. À gauche, un grand mur noir. Tellement il était sale on pouvait pas dire la couleur qu'il avait eue au commencement. Les fenêtres, dans ce mur, étaient longues et hautes avec des barreaux et des persiennes de fer rouillées. Ça faisait pas propre.

Entre les murs, au fond, tout au bout, il passait des camions. Il en passait jour et nuit. De la fenêtre de Niveline, on leur voyait le dessus mais pas les roues, à cause d'un muret, et, plus loin de l'autre côté de la route, un vaste parking avec des voitures. Les autos avaient encore quelques couleurs, on en voyait une rouge, qui brillait un peu sous la neige, mais au-delà, plus une seule : la petite haie du parking avant le talus, elle était noire ; le terrain vague, derrière, blanc, avec un chien dessus, noir, qui courait si vite qu'il avait l'air d'un mille-pattes et qu'il nous a fait rire, Niveline et moi ; derrière le chien, venait un monsieur en laisse. Au bout du terrain vague, une palissade, une montée avec des immeubles vieux et sales et des arbres minables et des pavillons miteux. En haut, un bout de ciel noir et blanc, l'air crasseux.

Nous, on regardait tout ça, on commençait à s'ennuyer. Des gens, il en passait pas beaucoup, c'était surtout un coin à camions, sauf le terrain vague au chien, parfois, un parapluie, un anorak gelé, l'air de se rendre au ski, mais le ski, c'était pas la principale occupation, même sur la pente, on pouvait pas en faire, à cause des camions, de la luge non plus on pouvait pas.

*

Ici, on s'occupe pas du ski, on sait pas ce que c'est, sauf le nautique, à cause des palmiers, du soleil toute l'année, de la plage qui s'en va loin. Et je suis bronzée, vraiment bronzée, pas comme au début, rouge écrevisse, disait Maman. Des écrevisses, j'en ai jamais vu, alors je peux pas dire. Et puis presque toute nue aussi, juste un maillot. J'en avais pas à l'arrivée. Rien que des vêtements chauds. Ici, ils servent pas. Et les palmiers, Maman raconte qu'ils perdent pas leurs feuilles l'hiver. Faudra voir. J'ai pas encore vu un hiver, ici.

*

Parfois, avec Niveline, on passait tout l'après-midi à lire les inscriptions sur les camions : Lelon, Charleville, Nord,

Ardennes, Rond-Point, Transrec, Location, Citernord, Michaux, Roussel S.A., et des tas d'étrangers. Certains tout bâchés, bleus ou verts, avec rien d'écrit. La déception. Alors, on jouait. Mais on guettait les moteurs. On regardait par la fenêtre dès qu'un camion s'annonçait. On voyait le chargement, des remorques avec des planches, des camions-citernes. Parfois, ils s'arrêtaient au feu rouge du carrefour et on avait le temps de déchiffrer les inscriptions sur les carrosseries.

On a passé des journées entières à lire les camions. Ça nous menait pas loin, tout de même, on aimait mieux être dans l'appartement de Niveline que chez moi parce que de chez elle on voyait quelque chose, pas comme de chez moi : un chalet sur la hauteur, en meulière pour le bas, en bois pour le haut. Mais aucun passage, pas un chien, pas un camion, rien que des arbres, du noir et du blanc, le jardin, le parc, disait Maman et ces millions de petits visages suspendus en l'air qui dansaient sur place, sans tomber.

Un jour où le seul bruit était celui du ronflement des machines qui essayaient de dégager la route, parce que les chutes étaient de plus en plus importantes, on a reçu la carte postale avec la mer, un palmier, un soleil rigolard. C'étaient des amis de Maman qui l'avaient envoyée. J'ai obligé Maman à me la donner. Je l'ai montrée à la femme de ménage, c'était un des derniers jours où elle a pu venir avec ses chaussures spéciales pour ne pas glisser. Elle a haussé les épaules, elle m'a dit :

— C'est Tahiti, j'irai jamais, j'aime pas les pays africains !

Moi, si.

Le soir, je l'ai mise sur ma table, la carte, pour regarder le palmier. Maman aussi le regardait en venant me faire la bise au lit. Ensuite, elle surveillait la fenêtre et elle disait :

— Il ne faut pas laisser le froid entrer !

Et elle calfeutrait comme au ski. Sauf qu'on avait le froid, la neige, la gadoue, pas le ski. La neige devenait tout de suite noire, et je regardais les petits visages qui voletaient, immaculés, dans chaque flocon, mais, dès qu'ils se posaient par terre, ils devenaient comme le reste, noirs.

*

Un soir, Maman devant la télé ; moi, j'étais dans ma chambre, à m'ennuyer, je regardais dehors où il n'y avait rien à regarder que les arbres du jardin, pas comme chez Niveline où, au moins, on voit les camions. La nuit tombait. Il restait dehors une espèce de lueur comme dans les films d'épouvante que Maman ne veut pas que je regarde parce qu'ils lui font peur, mais moi, j'adore. Cette fois-là, j'étais intriguée parce que la chose qui se détachait de la neige, déjà un peu grise, était tellement blanche, tellement bizarre – et elle venait vers moi.

Je vais essayer de dire comment c'était, mais c'est pas facile.

C'était grand, très grand, et ne ressemblait pas du tout aux petits visages qui voletaient d'habitude et fondaient dans ma main dès que je les prenais pour les caresser, c'était tout aussi blanc, mais grand. Pas comme un bonhomme de neige, parce que les bonshommes de neige, je sais très bien les dessiner et ça, je saurais pas. Y a d'ailleurs personne qui saurait. Parce que si je raconte comment c'était, ça peut avoir un air effrayant et c'était pas effrayant du tout, au contraire.

J'ai du mal à bien me souvenir depuis que je suis dans ce pays où le soleil s'arrondit tous les jours, brille et chauffe tous les jours, même que je joue avec le sable, les coquillages, l'eau, pas du tout comme là-bas. Et Maman n'a jamais peur que je prenne froid. Parfois, le sable est tellement chaud qu'il me brûle les pieds, ça oui ! Pas comme là-bas j'ai dit.

C'était grand, gentil, ça venait du fond du parc, du bout tout noir du parc. Peut-être que ça ressemblait à un grand-père. Je peux pas savoir, j'en ai pas. Celui de Niveline me servait, à l'occasion. Mais Niveline l'avait tout le temps et moi seulement quand j'allais chez elle. Comme les camions.

Il était grand, il s'approchait. On avait oublié de fermer les volets de ma chambre et moi, je me suis approchée aussi. J'ai posé le nez et les deux mains contre la vitre. Pour une fois qu'il se passait quelque chose, j'allais pas rater ça.

C'est pas facile de raconter, faut pas croire. Ça vient pas tout seul, les mots. Les gens, quand ils écrivent des histoires, ils parlent de grandes personnes ou d'enfants, tout le monde sait ce que c'est. Tandis que ce que je voyais, moi, c'était quelqu'un de nouveau. Je ne savais pas qui. J'avais les mains et le nez collés contre la vitre, la dentelle du rideau derrière moi, comme les robes de mariées du magasin derrière chez Niveline. On se regardait de tout près, seulement séparés par la vitre calfeutrée par Maman. Peut-être qu'il avait les sourcils broussailleux, j'ai envie de dire ça parce que je l'ai lu dans un livre et que ça me plaît, mais au fond, je n'en sais rien du tout. Je n'ai aucune envie de parler de ce que je ne connais pas, voilà. Et il n'avait pas de sourcils ni broussailleux, ni autrement, parce que ce n'était pas un homme. C'est tout. C'est pas si compliqué. Je veux dire qu'avec lui c'était facile. Ce qui est difficile, c'est quand j'essaie de raconter.

On a parlé, enfin… pas vraiment parlé. On n'aurait pas pu s'entendre, même en criant très fort, à travers le triple vitrage des doubles-fenêtres et tous les joints installés par Maman qui ne veut pas laisser entrer le froid. Quand on a été tous les deux collés à la vitre, je crois que j'ai su ce qui allait arriver. Enfin, presque tout. Je peux essayer de raconter ce qu'on s'est dit, dans la nuit tombée avec cette blancheur translucide, qui nous environnait comme un cocon ; moi, dans mon rideau de dentelle, lui serti par les arbres du parc. Serti, c'est un joli mot, je l'ai appris à cause de la bague de Maman qui a perdu sa perle. Dessertie. Sertie. Ça ressemble à sortie, c'est ce que j'ai cru d'abord, que la perle était sortie de l'anneau.

Maintenant que je connais les huîtres et les perles, je me dis que peut-être la perle de Maman voulait retourner dans son huître. Mais Maman voulait la garder. À cette époque nous ne connaissions ni lagon, ni coraux ; aujourd'hui, elle s'entêterait moins pour une simple perle.

Nous avons discuté sans mots, on n'en avait pas besoin. Il a dit :

— Je te connais, je t'observe depuis des jours ! n'aie pas peur.

— J'ai peur de rien !

— Tu t'ennuies !

— Sais pas.

— Voyons, Céline (il savait, lui, comment je m'appelais pour de vrai), l'ennui, c'est un jour sans Niveline, un jour entier toute seule à regarder le parc de ta fenêtre.

Là, j'ai ri sans lui répondre. Comment il le savait ?

— Si tu me laissais entrer, tu cesserais de t'ennuyer ! Réfléchis, je t'ai déjà fait rire !

C'était vrai, mais je trouvais qu'on était bien comme ça, chacun d'un côté de la vitre. C'était pas son avis :

— J'ai grande envie de me réchauffer, et nous pourrions faire connaissance, toi et moi.

— C'est déjà fait !

Cette fois, c'est lui qui s'est mis à rire, avant de me proposer :

— Tu veux jouer ?

J'ai fait un signe de tête :

— D'accord !

— On ne peut pas, puisque tu refuses de me laisser entrer.

— Mais moi, je peux sortir ! Je m'habille et je viens !

Ça s'est passé comme ça, le premier soir. J'ai enfilé mon anorak, mes bottes de neige, mes moufles et j'ai mis mon bonnet.

*

Le premier soir, j'ai attrapé un rhume. Pas grave.

— Tu as eu froid, a dit Maman, je n'y comprends rien, j'ai tout calfeutré pour empêcher le froid d'entrer !

Elle a calfeutré encore plus. Elle a acheté de nouveaux joints et les a collés aux interstices des fenêtres par lesquels il ne passait pas le moindre filet d'air, c'est certain. Elle m'a enveloppée d'une grosse couverture de mohair et m'a fait avaler du chaud comme j'aime pas. Bouillons. Pas bons. Infusions. Pas bon. Chocolat. Mal au foie. C'est ce qu'elle dit, Maman. Mais j'ai jamais mal à rien. Un jour, je lui ai mangé d'un coup toute sa réserve : chocolat au lait, noir, bitter, super-bitter, à la noix de coco, Guayaquil, mon préféré, au riz grillé américain, pas mal non plus, à la noisette, fourré framboise, trois tubes de Smarties, une barre au nougat et, pour finir, le chocolat en poudre.

Quand j'ai eu tout mangé, elle a jamais su où il était parti, le chocolat de la réserve. Elle a soupçonné la femme de ménage. Même si je m'étais dénoncée, elle aurait pas voulu me croire, vu qu'elle est persuadée qu'une telle quantité ça m'aurait tuée. J'ai laissé renvoyer la femme de ménage.

Pendant mon rhume, un très gros, j'étais couchée avec les couvertures sans pouvoir me lever, je ne sais pas s'il est venu. Couchée, je me rendais pas compte, c'est loin dehors, vu de mon lit.

Niveline m'a apporté des nouvelles. La neige était noire ; en bas, c'était la gadoue, quelque chose d'infect. Les camions ne passaient plus. Dans l'Est, il y avait des trains arrêtés sur la voie parce que des arbres s'étaient abattus en travers et qu'on ne pouvait pas les dégager. Chez nous, banlieue nord, les vieux se cassaient la figure sur les trottoirs gelés. Même à Paris, c'était la pagaille, ils le montraient à la télé, mais moi, je la regarde pas. À quoi ça servirait ? J'ai Niveline qui me raconte !

Il paraît que, dans la campagne, les fossés étaient remplis de camions couchés sur le dos comme des scarabées retournés pattes en l'air, les chauffeurs qui s'en allaient à pied mouraient de froid. Et Maman, qui revenait de la ville, après ses courses, disait qu'elle ne pourrait plus y retourner, si ça durait. D'habitude, ils nettoient le centre, ils mettent du sel dans les quartiers chics, dans le XVIe et devant l'Opéra Garnier, pas cette fois. Cette fois, trop de neige. Pour monter sur la butte Montmartre, personne n'y arrivait plus. Dans les rues qui grimpaient, il y avait des autos en travers, abandonnées. Et la chute continuait. C'était extraordinaire. Tout le monde le disait. Niveline était d'accord. Dans notre banlieue, dans la côte, un camion avait basculé par-dessus la rambarde du boulevard.

Il avait écrasé une voiture qui passait dans la rue au-dessous. Treize autres autos étaient venues s'encastrer dedans et tous ceux qui n'étaient pas morts, on les avait conduits à l'hôpital. Depuis, les ambulances ne pouvaient plus circuler. Niveline est venue à pied. Lorsqu'elle est partie, j'ai découvert que je ne m'étais pas vraiment amusée avec elle, que j'avais juste fait passer le temps pour attendre le soir et le moment où il allait venir, lui.

*

Ça c'est passé tout pareil que la première fois.

Il m'a demandé de le laisser entrer, j'ai dit non, il a répondu qu'il repartait d'où il venait, je lui ai demandé de m'attendre, je me suis habillée, on a joué encore mieux que la première fois. Une lumière venait de partout à la fois, montait de la neige, descendait du ciel, tombait des arbres. Elle était blanche et en même temps, remplie de couleurs chatoyantes, irisées, qui dansaient dans la nuit. Jamais j'avais rien vu d'aussi beau. Partout où il passait, c'était joli, tout éclairé, mystérieux et magique. S'il y avait des flaques devant lui, elles prenaient en glace immédiatement et brillaient tant et plus, couvertes des couleurs de l'arc-en-ciel. Les branches étaient lourdes de neige et s'inclinaient très bas devant lui, parfois, elles craquaient, et s'effondraient sous le poids de la croûte gelée.

Comme la première fois, j'étais sortie par la fenêtre. Nous avons marché dans le parc. Il y a un petit pont sur un faux lac. Il est en planches. Le gel les avait soudées. J'ai essayé de poser un pied, j'ai glissé. Il m'a rattrapée par la manche. J'ai recommencé de m'avancer sur le pont qui brillait dans la nuit sous la glace. J'ai glissé, encore une fois.

Il m'a rattrapée toujours par la manche. Comment il a pu passer, lui, en me tenant dans ses bras, je ne sais pas. Les planches vermoulues, alourdies par le poids du gel, auraient dû craquer sous notre poids, elles n'ont même pas grincé. Je sais que c'est incroyable à raconter, mais c'est comme ça. La carapace n'a pas gémi, pas flanché. Le pont a tenu bon, il brillait de mille feux. Il ne m'a pas reposée à terre quand nous sommes arrivés de l'autre côté. Je ne le lui ai pas demandé. Il a marché jusqu'à une grotte que je ne connaissais pas où étincelait un trône. Il m'a assise dessus. J'étais bien, très heureuse. Tout était blanc et très joli, vraiment très joli. Il y avait une cascade, au fond de la grotte, très grande et gelée, qui ne ruisselait plus. Magnifique. Après, je ne sais plus.

*

J'entendais la voix de Maman, noyée :

— … ma petite fille chérie, mon cœur… mon trésor… Docteur ! Elle délire. Il n'y a ni pont, ni grotte, ni trône dans le jardin, et pas de cascade, je ne sais pas de quoi elle parle !

Sa voix est partie, envolée dans un flocon. Il a fallu que je prenne des quantités de médicaments, des quantités vraiment incroyables. Maman disait :

— Pourtant, je n'ai pas laissé entrer le froid. Il ne faut pas le laisser entrer ! Ne t'en va pas, ma poupée.

C'était pas dans ses habitudes de m'appeler avec des petits noms doux, ça m'a bien plu. Mais j'avais mal dans les poumons. Ça sifflait quand je respirais. C'est mauvais signe. L'hiver faisait comme moi, il empirait. Maman avait tout calfeutré, même le soupirail de la cave, pour empêcher le froid d'entrer. Dehors, la neige tombait de plus en plus serré. J'allais mieux. Je voulais me lever. J'ai téléphoné à Niveline. Mais les lignes étaient coupées... Le transistor parlait de la plus sévère offensive du froid de cette décennie, moi j'ai cherché le mot dans le dictionnaire, parce que décennie me disait pas grand-chose. Après, ils ont dit la plus violente offensive du froid du demi-siècle, et puis de tout le siècle. Elle adore les records, la télé, elle les énumère, et pas qu'une fois. Moi, je savais pourquoi il attaquait si fort, le froid, c'était parce que Maman m'empêchait de sortir, la nuit, pour jouer.

Elle dormait dans ma chambre pour me veiller et me donner mes médicaments, comme le docteur l'avait dit, même en pleine nuit.

Il y avait encore des autos qui essayaient de rouler. Leurs conducteurs finissaient par les abandonner. Dans notre banlieue, il y en avait partout, dans toutes les rues, en travers ou retournées sur le toit. Les chauffeurs s'étaient sauvés à pied. Mais c'était pas une bonne idée non plus. Certains avaient tourné, tourné longtemps dans la neige. Comme elle continuait de tomber, leurs traces s'effaçaient à mesure, et ils ne savaient plus où ils se trouvaient et continuaient de tourner. Ou bien, ils s'arrêtaient, une fois pour toutes, et on n'en parlerait plus jamais. Changés en statues de neige, en bonshommes Noël, dans la lumière violette que dégage le blanc, la nuit, la même lumière que dans la grotte avec le trône. Le pays a été immobilisé par le froid. Chez nous, les portes ont été bloquées. On les a débloquées, une fois, deux fois, dix fois. Après, on pouvait plus. Catastrophe partout.

Paris était paralysé, plus de magasins ouverts, de théâtres et de cinémas. Maman me soignait, mais elle se demandait comment elle allait faire pour retourner dans les magasins, faire des courses, je lui disais qu'elle n'avait pas besoin de se faire du souci, mais elle était inquiète parce qu'on vivait sur les provisions. La banlieue, comme d'habitude, c'était pire. Pire que Paris et pire que la campagne. Paris et la campagne, je ne connais pas, mais j'imagine. Banlieue nord, c'est pire, bien pire, plus froid, plus gris, plus noir.

Comme tout le monde disait que c'était vraiment exceptionnel, j'ai regardé les images de la télé, quand Niveline a cessé de pouvoir venir. Marrant. On voyait plus rien. Les trains arrêtés ne repartaient pas, certains, qui n'avaient pas pu rejoindre les gares, dormaient sous la neige avec leurs voyageurs. Les autos, dans les parkings, avaient disparu sous la couche. Après, même l'emplacement des parkings, on le voyait plus. Les maisons de plain-pied étaient sourdes et muettes. Plus d'yeux. Ni d'oreilles. Et ça montait encore, le niveau du blanc. Restaient les toits. On les voyait toujours.

On a cru arriver à s'échapper par les fenêtres du premier. On a dû renoncer. C'était trop mou, on s'enfonçait. Ce que je pensais de tout ça, je ne l'ai pas dit à Maman. Elle m'aurait pas cru. Mais c'est la vérité : il fallait me laisser sortir. C'était moi que le froid attendait pour s'apaiser. Tant que je resterais enfermée au chaud, il poursuivrait son offensive de plus en plus terrible chaque jour. Parfois, Maman pleurait et je voyais bien qu'elle avait peur. Elle demandait :

— Combien de temps allons-nous pouvoir tenir ?

Ce n'était pas une question, elle se parlait à elle-même. Elle a pensé que je ne pouvais plus dormir en bas, puisque ma fenêtre était enfouie. Et, comme j'allais mieux, elle a repris sa chambre, en haut, et elle a décidé que je dormirais à côté dans la chambre d'amis. J'ai pas dit non. Mais même en haut, c'était une inondation de blanc.

Le soir où j'ai déménagé au premier, j'ai su qu'il viendrait. Il est venu et je l'ai fait entrer. Je sais pas pourquoi. J'ai pas discuté, je lui ai ouvert tout de suite. Il a dit, sans un mot, sans une parole :

— C'est bon de se chauffer !

La lumière a changé, la chambre est devenue toute blanche parce qu'il était là, elle se givrait d'une carapace translucide, gelée, devenait belle à ne pas croire ! La nuit a passé, tout entière.

Et puis, doucement, il a dit :

— J'aimerais bien me réchauffer.

J'ai gratté une allumette dans la cheminée.

Il hochait la tête, avançait les mains près des flammes et les frottait doucement, l'une contre l'autre. La lumière dorait. Lentement, toute la glace a fondu dans la chambre qui est redevenue comme avant son arrivée. Dehors aussi, elle a commencé de fondre, je l'ai vue qui redescendait jusqu'au rez-de-chaussée et je me suis mise à rire. Maman ne pleurerait plus. Comme il était gentil d'être venu se réchauffer ! Et Maman qui disait qu'il ne faut pas laisser entrer le froid ! Si elle avait su !

La nuit a passé tout entière.

Au matin, il y avait un énorme fleuve de boue, dans les rues. Neige fondue, glaçons et gadoue. Deux jours après, c'était une catastrophe nationale, la moitié de la ville était engloutie dans une pataugeoire parce que le froid avait disparu tout d'un coup.

*

Au matin, on m'a trouvée gelée et bleue avec une congestion. Maman a vendu la maison. On n'a pas vu le nettoyage du pays. Nous étions déjà ici… avec ce soleil qui rigole, plus joli que sur la carte de Tahiti… qui rigole… qui commence à m'agacer, et je me demande si je ne vais pas trouver quelque chose… lui faire venir des taches au soleil…

Les petits visages blancs qui voletaient derrière les vitres me manquent… le froid aussi me manque… Alors, je vais peut-être arriver à faire refroidir le soleil…

Bichette, une nuit métro Passy

J'aime pas l'hiver, quand la nuit tombe vite. Je pourrais, comme les bêtes, hiberner... ours... marmotte, on l'apprenait à l'école, c'est loin... J'aime pas l'hiver, j'aime pas le froid, j'aime pas renter seule chez moi. La Seine non plus, à cette heure noire, je l'aime pas. Le grondement du métro aérien me roule dans le ventre. Un métro, c'est pas fait pour circuler en l'air et traverser le vacarme des ponts. Si quelqu'un me suit, je ne peux pas l'entendre et j'ai l'impression qu'on me suit, le quartier est désert, froid, désert, vide, j'ai cessé de m'y sentir bien. Le café jette une petite lumière sur le trottoir et donne l'impression d'être animé, tout chaud, mais j'y vais pas, dans les cafés, depuis que j'aime plus mon quartier, je ne connais pas de quartiers sympathiques la nuit, je veux dire quand on rentre toute seule le soir. Je fais vite, encore plus depuis quelques soirs, je fonce chez moi la clef déjà à la main. C'est désert. Pas même un clochard sur un banc, je parle toute seule, sans bruit, au-dedans de moi pour me tenir compagnie, ça m'aide à lutter contre une impression, forte, très forte, plus forte de jour en jour, qui sonne et résonne dans le bruit de mon pas, ce qui n'arrange rien. Il n'est pas tard, tout est désert. Que font les gens ? Déjà chez eux ? Télé et dodo ? On n'osera bientôt plus pointer son nez dehors dans cette ville le soir si elle continue d'avoir des airs de ville hantée par les rats, bouffée par la peste.

L'air est noir, pâteux. Des phares se poursuivent le long

du parapet qui domine la Seine. Je voudrais être gaie. Je l'étais avant… avant cette ville, cette pluie, avant… lui… avant son départ à… lui.

Je voudrais être déjà chez moi, enlever ces chaussures, jamais la bonne taille. Quand je termine une paire que j'avais choisie trop petite, par réaction la suivante je la prends trop grande, jamais je ne suis bien dedans. Les vendeuses s'en fichent, la paire bleue vous va très bien mais les bordeaux sont bien aussi, si vous préférez les bleues elles sont en chevreau et la couleur va avec tout, le bordeaux aussi va avec tout.

Et moi avec quoi, avec qui est-ce que je vais bien ? Elle peut se les garder, ses pompes ! J'en ai pas envie ! mais de quoi j'ai envie ? Rentrer chez moi. Mais je ne peux pas passer ma vie enfermée. Et pourquoi pas ? Avant nous sortions. Beaucoup. Je pourrais aller au cinéma. Nous y allions ensemble. Je préfère rentrer. J'ai hâte d'être chez moi, avec deux tours de clefs. Parfois, je pleure, comme si j'avais un chagrin d'amour, mais ni chagrin ni amour. C'est fini, tout ça. Il n'est plus là. J'aimerais bien même un amour chagrin. Tout plutôt que ce rien qu'il a laissé en s'en allant.

On appelle ça les beaux quartiers, un réverbère grillé sur deux, personne qui remplace l'ampoule, c'est un coin crevard, j'aurais dû m'installer à Pigalle où ça clignote jour et nuit. Ici, pas un chat. Des ombres partout. Un coupe-gorge. Des présences qu'on sent bruissantes. Pas un bourgeois sur un trottoir. Hier, j'ai couru. Je croyais entendre des galopades de tous les côtés, j'imaginais des poursuivants, ils me rattrapaient, m'égorgeaient, jetaient mon corps dans l'eau. Ce soir, je refuse de courir, j'aurai vite fait d'ouvrir et de refermer la porte, je sens que je vais la claquer, je l'attends trop fort, ce moment où le battant se referme et où je suis en sécurité, tant qu'il n'est pas claqué des choses mauvaises peuvent se produire, un pied qui vous bloque le battant. J'écouterai de la musique, un opéra peut-être et je lirai. J'aurais pris un taxi ce soir, mais ils refusent de me charger devant la Maison de la radio, la distance est trop courte. J'arrive, c'est ma rue. Si sombre à huit heures du soir. J'ai plus dix ans pour avoir peur du noir et personne ne va me tenir la main toute ma vie, personne, c'est pourtant ce que j'aurais aimé, je crois, ma main dans la tienne pour l'éternité, mais tu es parti… et j'arrive chez moi. On raconte que Chateaubriand enfant s'est forcé à traverser un cimetière la nuit, j'aurais perdu la raison. Si au moins il y avait une vraie lumière, un magasin, pas seulement ce café aux néons cadavériques…

Elle s'arrête pour ouvrir son sac. Un homme bondit par-derrière, l'entraîne dans une encoignure, ses talons raclent le sol, il la pousse contre le retour du mur :

— Bouge pas ! Crie pas ! Je te ferai pas de mal !

Elle se débat, veut s'élancer, il lui lance le poing dans le visage, la frappe en pleine poitrine et lui saisit les cheveux pour la redresser alors qu'elle devient molle.

— Je te ferai pas de mal, mais ça, faut te tenir tranquille.

Il l'adosse au mur. Elle ne se débat plus. Il tire un couteau et débloque la lame qu'il lui fait passer très lentement devant le visage :

— Vise une peu l'argument, alors tu bouges pas, tu cries pas, tu te tiens sage.

Elle vacille, anéantie par la terreur et se serre contre le mur pour s'éloigner de la lame :

— Ben voilà, on n'est pas mieux comme ça, toi et moi ? Tu peux être gentille, si tu fais l'effort.

— J'ai de l'argent… je peux vous donner de l'argent.

— Mais c'est bien ça, Bichette ! Dis, au moins, ça t'embête pas que je t'appelle Bichette ? Ça me plaît bien et, tu vois, c'est une habitude, je les appelle toutes Bichette !

— Toutes ?

— Ben oui, quoi, les autres comme toi.

— Il y en a eu d'autres ?

— C'te farce ! Elles croient toutes être la première ! Faut te faire une raison ! Allez fais pas cette tête, pas une m'a donné tant de fil à retordre.

Elle palpe l'endroit où il a frappé, la joue gonfle sous l'œil.

— Ton quartier, j'connaissais pas ! C'est huppé dis donc et toi, j't'ai eue à la bonne dès que j't'ai vue, y a huit jours. J'tai suivie, j'tai observée. T'es facile à repérer j't reconnais à ton pas. Parole. T'es seule, c'est bien ça. Huit jours que je te surveille, Bichette, c'est que j'suis devenu prudent depuis l'infirmière de nuit qui gueulait comme un porc saigné et qu'a failli me faire prendre. C'est depuis que j'm'suis outillé.

Il fait sauter le couteau dans sa main.

— Ah ! le chameau ! et d'un costaud, c'te garce ! Pas comme toi, toute menue. C'est qu'elle ameutait le quartier, elle m'a griffé, mordu, au cas où ça te donnerait des idées qui faut pas, n'oublie pas que j'ai mon petit engin de secours et que tu aimes pas trop que je te le promène sur le visage. C'est que tu serais pas belle la joue ouverte ou une lèvre en moins, tu vois ? Elle m'a échappé, la salope. Ça fait que je t'attends depuis longtemps, ma Bichette, bien, bien longtemps, et que ça me travaille, là, tu vois.

Il fait jaillir la lame et lui caresse de nouveau la joue avec. Elle n'arrive plus à respirer et ploie les genoux. Il la rattrape et la gifle pour la ranimer.

— Pas de blague, hein ? Les petites natures, j'aime pas et tu as intérêt à te faire aimer, toi ! L'infirmière elle en faisait trop à gueuler mais si tu fais ta mijaurée et que tu te mets à tourner de l'œil, ça me plaira pas non plus. J'aime autant te prévenir, j'aime pas cogner, c'est pas dans ma nature, c'est rien que si on me force. Tu vas pas m'forcer, dis ?

— Non.

— Tu te sens bien ?

— J'ai soif.

— Chez toi.

— Au bar, là-bas, au coin.

— Et une fois entrés, tu me dénonces au tôlier qui appelle les flics pour qu'on me boucle ? c'est ce que tu veux, pas vrai ?

— Non.

— Tu ameuteras personne ?

— Non.

— C'est que je suis un homme marié, hein, tu voudrais pas faire du tort à un homme marié ?

— Juste boire…

— C'est vrai, dis donc, t'as pas l'air bien.

— Il n'y a pas de quoi être bien.

— Tu en fais des histoires ! et après, tu seras contente, Bichette, tu verras puisque j'te l'dis ! Tu en redemanderas.

— Je ne le supporterai pas.

— Allez, allez, on dit ça…

Il fait sauter son couteau d'une main à l'autre, le referme, le met dans sa poche, lui empoigne le bras et ils vont vers le bar :

— N'oublie pas que j'ai mon auxiliaire. Si tu cherches des histoires et que les flics s'en mêlent, je te troue. Crois surtout pas que j'hésiterai à te crever. Si tu tournes de l'œil et que tu essaie le coup des pompiers, des SAMU, des ambulances, je te crève pareil.

— Je sais.

— Déjà que tu as la joue pas très jolie à regarder.

— Je suis défigurée, je vaux plus rien pour vous, laissez-moi rentrer.

— C'est pas à ta petite gueule que j'en ai, ma Bichette. T'as un joli petit cul, tu sais, huit jours que tu me le tortilles quand je te suis dans le noir. Ça, tu m'as excité avec tes jupettes serrées, j'aurais pu faire une sottise, mais chaque chose en son temps et comment on va cacher cette saloperie de joue que tu t'es fait cogner si on entre dans ce troquet ?

— Pas besoin de cacher. Les gens s'en fichent, on peut crever sous leur nez ! Ils croiront que nous nous sommes disputés, que vous m'avez corrigée, que je suis tombée dans l'escalier, n'importe quoi pour n'avoir pas à s'en mêler.

— Je crois que t'as raison.

Avant d'entrer, il s'arrête dans la lumière pour se faire admirer :

— T'as remarqué ? T'as pas affaire à n'importe qui, vise un peu le monsieur ! Les fringues, t'en dis quoi ? Dans la journée, tu m'reconnaîtrais pas ! j'cause différemment aussi. Allez, avoue, tu m'as pris pour un autre, Bichette, t'as cru qu'j'étais qu'un pauvre type. Maintenant, tu te rends mieux compte, c'est que j'm'déguise, j'm'organise, c'est comme ça que je dure depuis que les flics ont débarqué chez nous, tu te rends compte, j'avais cogné, ben quoi, j'y suis allé un peu fort, ce sont des choses qui arrivent Mais le jour, tu me reconnaîtrais pas, sûr et certain !

— Essayons...

— Quoi ?

— Demain, revoyons nous demain, dans la journée.

— Ah ! c'est pas bien ça, Bichette, voilà que tu recommences à me prendre pour qui je suis pas. Si tu me fâches, tu vas le regretter.

Devant le café, il se penche vers elle :

— N'oublie pas mon auxiliaire !

Il tapote sa poche en rigolant. Ils entrent. Elle titube. Il la soutient par la taille. Un client devant sa pinte les regarde sans broncher en dépit du regard désespéré qu'elle lui jette. Il la pousse sur une banquette, la joue amochée côté mur. Il commande deux calvas :

— Tu vois, Bichette, si t'avais pas été là, j'aurais pris autre chose, tu commences à piger un peu le personnage, tu vois à qui tu as affaire, pas n'importe qui, quelqu'un qui a des manières, qui sait y faire. Ah ! s'il avait voulu qu'elle disait ma pauvre mère ! Remarque, je suis bien arrivé, pour ça, tu peux le dire, regarde ma vêture, c'est pas rien, un costard comme ça. Employé de bureau modèle, oui, madame, marié, deux moutards, une Citron pour les ouikende, un pavillon en meulière, qu'est-ce que t'en dis ?

— Ce n'est pas possible !

— Tu veux me faire sortir de mes gonds ? dis ?

— Si vous avez une femme, pourquoi en attaquez-vous d'autres ?

— J'ai une femme, et après, qu'est-ce que ça change entre toi et moi que j'aie une femme ou non ?

— Mais… vous n'êtes pas seul !

— Mais non, Bichette, c'est toi qu'est seule, moi non.

— Vous ne pouvez pas lui faire ça !

— Qu'est-ce qu'elle en saura ?

— On a failli vous prendre avec l'infirmière. Ça pourrait arriver.

— Tu rigoles ? T'a vu l'outillage ? Si t'as mal vu, je te

fais voir de plus près, c'est pas une lame, c'est un rasoir. J't'conseille pas de l'essayer. J'le conseille à personne.

Elle boit le verre d'un trait :

— Et vos enfants, vous ne pensez pas à eux ?

— Qu'est-ce qu'elle dégoise, cette toquée ? Je pense qu'à eux !

— Vous ne pouvez pas leur faire ça.

— Ben, ils en savent rien.

— Vous vous trompez, depuis des jours que vous préparez votre crime, ils ont dû vous trouver changé. Ils sentent ces choses-là, les petits. Il y en a sûrement un qui vous a demandé ce qui vous arrivait. Ou alors c'est votre femme qui se doute de quelque chose.

— Mais, bon Dieu ! Qu'est-ce que ça a de si affreux ? Hein ? C'est la nature ! Tu ne sens pas que c'est la nature qui le veut ?

Elle porte la main à sa joue :

— Elle veut ça aussi, la nature ?

— C'est ta faute, à rentrer seule tous les soirs, et les jupettes, et le petit cul qui se tortille ! Ce soir, t'es plus seule, c'est pas mieux comme ça ?

— Laissez-moi partir. Vous ne savez pas ce que vous me faites endurer.

— Si j'avais demandé gentiment tu aurais accepté ?

— Je sais pas.

— Tu vois, rien n'est sûr, tandis que, comme ça, j'suis sûr !

— Mais… et moi ?

— Quoi, toi ?

— J'existe aussi.

— Y a quelqu'un qui dit le contraire ?

— Vous !

— J'ai jamais dit ça !

— Si je comptais, vous me laisseriez choisir.

— Tu peux choisir… les autres fois.

— Je veux choisir cette fois aussi.

— T'as qu'à me choisir et tout s'arrange.

— Pas comme ça !

— Ah ! les femmes, jamais contentes. Maintenant, tu la boucles au lieu de m'embobiner.

— J'embobine pas, comment ils s'appellent vos enfants ?

— François et Jean.

— De jolis noms. Quel âge ont-ils ?

— Eh, dis donc !

— Qu'est-ce qu'ils penseraient s'ils voyaient leur père en train de me terroriser ? Leur avenir serait fichu, ils ne travailleraient plus à l'école et ils sont peut-être doués.

— Pour sûr ! Ils ont de qui tenir, c'est que j'étais un crac, ma mère le disait : il ira loin.

Il commande la même chose.

— C'est vrai, quoi, je marchais bien à l'école et puis le père a disparu. Faudrait pas que tu te mettes à le croire, si on venait te raconter qu'il en a attrapé pour trente ans, c'est des bobards. Tôlard mon père, tu penses bien que non, la mère l'aurait pas supporté. C'est qu'on était une famille honorable, comme je te le dis. Tu veux savoir, Bichette, il est mort, mon père, j'étais encore jeunot, bel et bien mort. Faut pas croire qu'il claquait sa paye avec Dieu sait qui ni qu'il avait une femme de mauvaise vie dans la sienne de vie, faut pas croire. Rien lui manquait. Quand il rentrait le soir, à la maison, tu aurais vu ça, la nappe tous les soirs, la mère bien propre, les cheveux peignés, avec son tablier, tu l'aurais pas vue sale et pas soignée, c'était pas le genre. J'aurais continué l'école, j'avais l'étoffe.

— Il n'est peut-être pas trop tard.
— Pas trop tard pour quoi ?
— Recommencer d'étudier.
— Tu me vois aux cours du soir ?
— Mieux qu'en train d'attaquer les femmes la nuit.
— Tu vas pas la ramener avec cette histoire, tu vas voir celui que je vais te donner tout à l'heure comme cours du soir. T'as bien besoin d'un rattrapage, ça t'a manqué, à toi, de te faire tringler, j'ai vu ça tout de suite, avec des parlottes d'assistante sociale à moi que j'ai un pavillon, une femme, deux gosses et pas envie de turbiner de la cervelle, si tu vois ce que je veux dire.
— Vous ne pourrez pas continuer longtemps.
— Qui va m'en empêcher ? J'fais de mal à personne.
— À moi, vous m'en faites !
— Dis pas ça, ma Bichette.
— Laissez-moi partir.
— Avec tout le mal que tu m'as donné ? Huit jours à te coller au train. On aurait pu me repérer.
— Vous voyez bien, vous ne pouvez pas prendre des risques pareils, alors que vous pouvez avoir des femmes normalement.
— Ça veut dire quoi, normalement ?
— Que tous les deux consentent, sinon c'est un crime !
— Eh bien, t'as qu'à consentir !
— Je ne peux pas.
— Tu vois ! Tu me laisses pas le choix ! Ça m'ennuie que tu aies la tête si dure et c'est pas bon pour toi de me contrarier.
— Mais si vous me laissez partir, vous pouvez rentrer chez vous, écouter la respiration de vos enfants sans craindre de voir débarquer les flics.

— Tu la boucles ou je te troue.

— Vous avez tout pour être heureux et vous risquez de tout perdre pour rien.

— Ça m'est bien passé par la tête une ou deux fois...

— Vous voyez !

— C'est vrai, j'y ai pensé. Aussi, vois-tu, Bichette, probable que tu seras la dernière. Après toi, j'arrête.

— Mais la dernière pourrait être celle d'avant moi !

— Pas possible.

— Mais pourquoi ?

— Je suis, pour ainsi dire, obligé.

— Non ! Vous ne l'êtes pas, vous êtes libre, prouvez-le, laissez-moi partir. Il y a du bon en vous !

— Pour sûr, elle le pense aussi, Jeannette, même à l'hôpital elle leur a dit, aux commissaires, que c'était un mouvement qui m'avait échappé, que jamais je lui avait cogné la tête si fort, que je touchais pas aux gamins d'habitude, elle leur a dit : Il a eu un mauvais mouvement, mais les mauvais mouvements tout le monde en a, on n'est pas des saints ; je sens plus ma force quand je tape, c'est pourtant pas ma faute. Faut voir aussi comme elle m'irritait, Jeannette. Dans mon dos, les voisins racontaient que c'était elle qui portait la culotte, sauf que le plus souvent elle en portait pas et que c'était autre chose qu'elle me faisait porter. Tout ça m'est revenu aux oreilles. Ça m'a pas plu, d'autant qu'elle m'embêtait avec les patins. Fallait voir quand je les oubliais pour traverser l'entrée et qu'il pleuvait dehors. T'en as chez toi des patins, Bichette ? Non ? T'en fais pas. J'aime autant, inutile de te dire... Qu'est-ce que tu as ? c'est l'histoire des patins qui t'inquiète ? Faut pas, ça ira, va, même si tu as des patins.

— Vous avez frappé les enfants aussi ?

— Dis donc, toi, c'est pas avec des caresses que je leur ai fait des fractures !

— Tout ça à cause des ragots des voisins ?

Il se claque les cuisses.

— Elle est bonne, celle-là. Des ragots ! Je les ai trouvés, oui ! Qu'est-ce que tu dis de ça ? Dans la chambre à crédit qu'est pas finie de payer, comme je te le dis et tu sais quoi ? Ils étaient pas couchés ! Debout contre l'armoire à glace, les fesses nues. D'abord, j'ai fait qu'entendre. J'ai cru que c'était la télé. J'ai poussé la porte. Jeannette soupirait entre deux secousses : « On peut pas faire ça à Louis » et lui qui répondait : « Mais si, Bichette, tu vois bien qu'on peut ! » Et elle reprenait : « On peut pas, c'est mal, c'est très mal » et lui : « Tu crois que c'est mal, ma Bichette, une chose qui te paît tellement ? » Je suis entré, elle a dit que c'était un mauvais mouvement, elle pouvait pas dire autrement à cause des petits. On s'est remis ensemble et on n'en parle plus de la glace, de l'armoire, des coups. On s'occupe plus que des patins.

— Elle est revenue en sortant de l'hôpital ?

— C'te blague ! qu'est-ce qu'elle pourrait faire ? Elle a pas envie de travailler et je rapporte assez.

— Et l'autre, il vous a laissé faire quand vous avez frappé ?

— Il était parti.

— Vous l'avez laissé partir ?

— Tu insinues quoi ? que je suis pas un type à frapper les hommes, que je préfère cogner les gonzesses ? c'est ça que tu insinues ? J'ai pas cogné le type parce que j'étais occupé, voilà.

— Occupé ?

— T'es sourde ? Je te l'ai dit qu'elle avait les fesses en l'air. J'y suis allé, tu peux me croire. C'est après que je l'ai tabassée. Je lui aurais tapé dessus à lui aussi, mais le temps que j'aille à mon affaire avec la Jeannette, il avait filé. Et elle, qui sentait venir la raclée, elle se tortillait, elle demandait pardon, elle pleurait, moi je lui regardais le cul dans le miroir et c'est là que j'ai commencé à taper. Il y a une armoire chez toi, Bichette ? Avec une glace, hein ? C'est que j'aime bien, tu sais. Pourquoi tu réponds pas ? Y a une glace chez toi ?

— Oui.

— Une grande sur l'armoire ?

— Petite, au mur, j'ai pas d'armoire.

— T'as pas d'armoire ?

— Un placard.

— Ça fera l'affaire.

— Il faudra me tuer d'abord.

— Crois pas ça, Bichette. C'est la nature qui parle, c'est simple.

— Pas pour moi ! Pour moi, c'est un engagement de tout l'être.

— Ben, j'm'y oppose pas. Engage-toi. On est copains à présent, t'es pas bien avec moi ?

— Il faudra me tuer, si vous n'êtes pas un assassin, laissez-moi rentrer. C'est aussi votre intérêt, on nous a vus dans ce bar. Si demain, on me retrouve la gorge tranchée, on vous recherchera.

Elle va s'effondrer. Lui, sur un ton entièrement différent, l'air d'un autre homme :

— Eh bien, Bichette, t'as pas compris que je plaisantais ? Je voulais m'amuser un moment. Avec Jeannette qui m'attend, tu penses…

— Mais…

— Voilà qu'elle me croit pas à présent ! Attends de voir la suite. Je règle les consommations, c'est moi qui régales remarque bien, finis ton verre, je règle, on s'en va et tu oublies tout ça, Bichette.

Il fait signe qu'on apporte l'addition. Elle se lève pour filer. Très doucement, il ordonne :

— Attends-moi donc, à présent que tout est arrangé, pas vrai ?

Il règle en recomptant plusieurs fois :

— Tu vois, Bichette, c'est moi qui régales. Allez viens, on va prendre un bol d'air, ça nous fera du bien à tous les deux. C'est que je dois rejoindre Jeannette, qu'est-ce qu'elle dirait si son Louis se pointait en retard ? Une scène pire que pour les patins ! Et la salle à manger qui m'attend, le couvert dressé, comme pour un prince, les petits qui font leurs devoirs dans la cuisine et leur papa en retard, tu imagines le drame, Bichette ?

Il se lève, lui prend le coude, la pilote au milieu des tables. Elle ne sait que croire mais se raidit quand il tapote la poche au couteau. Il la rassure :

— T'en fais donc pas ! Je te l'ai dit que je suis un employé modèle, je m'en vais rejoindre ma Jeannette qui m'attend avec les enfants. Si tu voyais le pavillon, un jasmin devant.

Ils sortent. Il ne la lâche pas. Elle cesse de marcher :

— On peut se quitter ici.

— Tu voudrais pas ! Des fois que tu ferais une mauvaise rencontre. Je te fais un bout de conduite, si tu permets.

Il assure sa prise :

— Si je te laissais seule, dans la nuit, je serais pas tranquille. Jeannette, si elle savait que j'ai laissé une dame seule, elle dirait : Gros Louis, t'as pas eu raison ! et, tu sais, elle commande, la Jeannette, faut dire ce qui est, surtout maintenant que tu as confiance. Tu as confiance, pas vrai ? Le contraire me fâcherait. Alors ?

Il la secoue :

— Oui.

— Alors, y a pas d'raison que j't'ramène pas chez toi.

Un passant isolé s'approche. Il serre le bras plus fort :

— Pas de sottise, surtout pas. Ça me rendrait nerveux si tu en faisais une maintenant qu'on s'est mis d'accord tous les deux.

Le passant les dépasse, elle n'a pas crié. Elle tremble. Ils sont devant chez elle :

— Prends donc la clef !

— D'abord on se dit au revoir.

— Prends toujours la clef. Bien, tu ouvres maintenant… allez, ouvre gentiment ! Entre ! Passe d'abord ! Les dames d'abord, Bichette, les dames d'abord !

Il la pousse, entre derrière elle, fait claquer la porte, elle se retourne : il a le couteau ouvert à la main.

Caran d'Ache

Vu qu'on n'en connaissait pas d'autre, aucun de nous ne se plaignait d'une existence monotone. De temps en temps, l'un de nous s'en allait. Comme tout le monde, nous avons entendu parler de la pandémie. Puis, ils ont dit que la guerre était déclarée. Panique ! mais, comme on n'entendait ni coup de feu ni bombes ni explosions pas même au loin et qu'on ne voyait pas l'ennemi, on était en train de se rassurer les uns les autres lorsque les perturbations du vocabulaire nous ont posé des énigmes : distanciation sociale, gestes barrières, c'est quoi tout ça ? Et le coup des masques qu'on n'a pas compris ! Il fallait les porter ? pas les porter ? lesquels ? masques de carnaval à Venise ? masques à gaz dénichés à la brocante ? Pas du tout ! des masques qu'on n'avait jamais vus, ils ont expliqué comment en fabriquer, on a cru qu'on avait compris, mais les uns racontaient qu'ils étaient dangereux sauf à l'hôpital pour le personnel soignant alors que, dans des pays voisins, ils étaient inoffensifs et même obligatoires dès qu'on sortait de chez soi mais, vu que des masques, nous, on n'en avait pas, brusquement, la télé a jacassé d'autre chose.

*

Nous ne nous sommes pas méfiés suffisamment du mot « confinement » qui a déclenché un départ en masse chez nous alors qu'il y avait formelle obligation de se cloîtrer chez soi, nous, on venait nous chercher, on nous emmenait dehors. Je suis parti dans les derniers, une heure après, j'en suis certain, il ne restait plus aucun d'entre nous.

C'est ainsi que le premier jour de confinement fut mon premier jour avec elle.

En ville, sauf ceux d'alimentation, considérés comme de première nécessité, les magasins étaient fermés. Nul ne pouvait prédire à quelle date ils seraient autorisés à rouvrir. Mais l'alimentation ne constituait pas sa première nécessité, à elle, avoir compris ça c'était déjà bien la connaître, le reste allait de soi. Ses premières nécessités introuvables en ville, c'est une bien petite ville, il fallait courir jusqu'à un supermarché de la ZIP à cinq kilomètres de là. C'était défendu, on n'avait droit qu'à un kilomètre autour de chez soi, pas cinq. Les transports étaient à l'arrêt, elle n'a pas d'auto ni bicyclette ni trottinette. Elle a mis son sac à dos et nous sommes partis. Au rayon nourriture, deux enragés aux chariots débordants se battaient pour la dernière salade. Elle a foncé jusqu'à son rayon, entièrement désert, qui regorgeait de cartouches d'encre et de cartes mémoires.

Plus c'était interdit, plus nous sortions. Jamais, ils ne l'ont attrapée, à croire qu'elle avait un radar, des antennes, des yeux derrière la tête, à défaut de montre et ne consultant pas son téléphone, quelques minutes avant l'expiration de l'autorisation, elle tirait de son portefeuille la fameuse « attestation de déplacement dérogatoire » disponible sur le Net, qu'on imprimait et remplissait soi-même, sans laquelle personne n'avait l'autorisation de mettre le nez dehors sous peine des 135 euros, s'emparait de sa gomme d'architecte soigneusement protégée par un petit étui de plastique, modifiait les heures qu'elle avait écrites chez elle, réintroduisait la gomme dans son étui, surtout ne pas salir le papier officiel, qui, sali, l'aurait dénoncée comme ayant écrit au crayon (interdit) et non à l'encre (obligatoire), repliait le précieux sésame, et on repartait.

Chaque jour, on avait droit à une heure et un kilomètre.

Elle n'en tenait aucun compte et disait : mon domicile est à mille kilomètres, ici, il n'y a pas de malades, pas de contaminés, on dit infectés aujourd'hui, c'est pire infectés, plus dégoûtant. Mais ici, des pestiférés, il n'y en a pas.

La petite ville est acculée à la montagne d'un côté, à la plage de l'autre.

Les premiers jours, elle allait voir la mer.

Ils ont interdit la mer, la plage et le boulevard qui longe la mer. Il fallait marcher le long des maisons où le trottoir est si étroit qu'on se frôle en se croisant. Les gens, à qui on avait inoculé la peur les uns des autres, allaient au milieu de la rue, pour s'éviter. Forcée de renoncer à la mer, elle est partie vers la montagne.

Elle s'en serait tenue là, sans le déploiement policier contre les contrevenants. À pied, à cheval, en voiture, en drone, en bateau, en hélicos, la maréchaussée traquait les irréductibles.

Elle a riposté au coup par coup, grain de sable contre une tempête.

Un baigneur a été intercepté devant chez lui par un bateau de la gendarmerie, les seuls autorisés à sortir en mer, les pêcheurs n'ayant pas plus le droit de gagner leur vie que les autres, les poissons frétillants d'aise, un petit requin joueur étant venu s'ébattre au bord de la plage interdite aux humains. Le lendemain, tout le littoral interdit, nous sommes partis à la pointe du Cap par une rue derrière, que les patrouilles évitent, maintenant qu'ils jouissent en exclusivité des côtes du pays tout entier, rien que pour eux, ils roulent le long de la mer et nous marchons en clandestins entre des villas aux volets clos. Elle aurait pu s'en douter : le chemin des Douaniers était cadenassé. Elle a cherché un gros galet, très gros, elle l'a mis dans son sac qu'elle a balancé pour lui donner de l'élan avant de le lancer par-dessus le portail. Elle a escaladé. Ses vêtements ne risquaient rien, jean râpé, coudes percés, baskets trouées, impossibles à remplacer toutes les boutiques étant fermées, elle en aurait trouvé au supermarché, si elle avait pensé à autre chose qu'à ses cartouches d'encre.

De l'autre côté, elle a repris son sac et retiré le lest. Comme toujours, elle marchait vite. Elle a entendu le moteur avant de voir le canot qui l'avait repérée. Elle a bondi du chemin en s'accrochant aux pins qui, à cet endroit, poussent à l'horizontale, dévalé au fond d'une crique où le calcaire torturé se jette abruptement dans l'eau et s'est glissée dans une faille entre deux rochers.

Le canot a accosté. Elle s'est coulée au fond de l'anfractuosité. En les entendant approcher, elle s'est enfoncée dans l'eau, cramponnée des deux mains à des entailles de calcaire pour ne pas être emportée par les remous. Un courant d'air l'enrhume, elle n'a pas éternué. Elle aurait pu se cacher ailleurs. Dans un arbre avec son sac et moi. La patrouille est passée au-dessus d'elle sans la voir ni nous dans les branches du pin : on ne regarde pas en l'air quand on traque des malfaiteurs.

Un soir, dans les Pyrénées, un couple de randonneurs a été poursuivi par deux gendarmes à plus de mille mètres d'altitude. 135 euros chacun. Le lendemain, elle s'attaquait à la montagne. Carrément. Elle connaît tous les escaliers, chemins, pistes, mais pour atteindre mille mètres au départ de la maison, il y a deux passages à découvert, le premier un sentier de crête, étroit et caillouteux au bord du vide, visible de tout l'arrière-pays. Risqué. Et, très risqué, deux virages en épingle à cheveux à parcourir sur la nationale, aucun autre passage.

De bon matin, elle a fait des sandwiches à étages, jambon et pâté de campagne.

Deux heures et neuf cents mètres de dénivelé plus tard, elle traversait le nid d'aigle aussi désert et mort de cette mort artificielle, administrativement imposée à toute la planète, que le bord de mer. L'église fermée, l'épicerie sur la place derrière l'église, fermée, l'accès au château, fermé, le jardin aux herbes du Moyen-Âge, fermé, le fort de la ligne Maginot, où il fait une température constante de 12°, fermé, les cafés et les restaurants, fermés, comme en bas. Pas un vieux sur sa porte, pas une vieille dans son jardinet. Personne.

Elle a contourné les maisons pour s'installer sur un rocher en regardant les découpures de la côte, mille mètres au-dessous, l'Italie à gauche, rongée d'azur et d'argent – elle a cherché du regard le Trophée d'Auguste et Monte-Carlo de l'autre côté, qu'on ne peut pas voir de là, elle le sait, car la montagne hausse une épaule. Les yeux clignotants d'un excès de lumière, elle semblait sur le point de s'endormir lorsqu'elle a sauté sur ses pieds comme si elle avait vu un drone, entendu un hélico, mais rien, le ciel était aussi vide que la terre déserte. Je n'ai jamais su pourquoi elle était partie tout à coup, dévalant la pente ; des pierres roulant sous elle, l'emportaient ; elle se raccrochait d'une main à une touffe, ne voyait rien c'est certain, elle s'était remplie du paysage un moment plus tôt, c'était fini, elle rentrait et mangerait un sandwich sur sa terrasse.

Deux heures de montée, quatre pour rentrer. Elle s'est perdue, retrouvée coincée à quatre pattes dans des ronciers marquetés par le passage des sangliers. Le sac à dos agrippé par les broussailles, ne pouvait plus avancer ni reculer, elle s'en tirait au prix de griffures et d'embourbement, repartait, traversait des bois après des éboulis et finalement s'est retrouvée à l'arrière de la zone industrielle, sur le parking du supermarché où elle avait acheté sa cartouche d'encre et sa carte mémoire. Elle ne s'est pas approchée des voitures prises à l'abordage par des couples hargneux qui pilotaient des chariots regorgeants et lui jetaient de loin des regards soupçonneux. Titubante de fatigue, sans masque, égratignée par les ronces, couverte de boue, elle semblait sur le point de tomber et tout le monde prestement s'écartait.

Un maigrichon à mob s'est arrêté près d'elle en lui tendant une canette de Coca : Si t'as pas peur de t'infecter à boire après moi… Pas peur. Comment t'as fait pour te mettre dans cet état ? Les ronciers, là-haut… J'ai qu'une mob, mais je t'emmène si tu veux.

Moi, je suivais. Où elle allait, j'allais. J'avais pas le choix. Le gamin l'a conduite jusqu'à son portail. Elle lui a dit, s'il voulait, de revenir le lendemain, elle lui ferait des citrons pressés et une tarte. Il est venu et revenu. Même, il décollait plus. Il cachait son fier coursier sous un mandarinier, des fois qu'un voisin espionnerait pour dénoncer : 77°/° des appels dans les commissariats, c'est des dénonciations, il disait, et il annonçait les malades et les morts du Covid-19, en France et dans le monde. Elle lui répliquait : Et les morts du cancer des poumons, quelqu'un les compte ?

parce que, tu vois, c'est ce qui a tué mon mari. Il agitait sa crinière frisottée et s'enfournait une énorme bouchée. Elle, que les chiffres n'impressionnaient pas, ce qui l'a perturbée, ça a été la scène du portail.

Des voisins à qui elle donnait des fruits, d'habitude, lui apportaient une part de gâteau gluant de Chantilly industrielle, en échange. Terrorisés depuis le confinement, ils ne se montraient plus. Lorsqu'ils ont eu trop envie, ils ont appelé. Elle a déclenché le portail. Ils ne sont pas entrés. Elle est descendue à leur rencontre. Ils ont refusé le café : on aurait pu les voir sur la terrasse, elle a ri, avec une longue-vue, alors ! elle a proposé de s'installer sur celle du bas, invisible sous sa tonnelle de roses et de bignones, ils ont dit : non non non en agitant nerveusement les mains, il ne fallait pas enfreindre la loi. Elle s'est avancée avec ses oranges. Se bousculant l'un l'autre dans leur hâte, ils ont reculé jusqu'à la route. Elle a compris : checkpoint Charlie. Elle a posé les agrumes devant le portail, elle est retournée dans le jardin, ils se sont avancés, ont remplacé son sac par leur tranche de gâteau, elle s'est avancée pour le prendre et elle est retournée dans son jardin, à reculons, devant les voisins aux faces béates de contentement.

Pour se calmer, elle a écouté en boucle *La Jeune fille et la mort* jusqu'au soir.

Jamais plus, elle ne les a revus. Ils appelaient. Leur nom s'affichait, elle ne décrochait pas.

Pendant trois mois, dans une ville où il n'y avait pas un malade, elle n'a vu personne, sauf le gamin à la mob.

Ça ne pouvait que mal finir. Après le déconfinement, elle m'a négligé jusqu'à autoriser le gamin à jouer avec moi.

Il me mordait, mordillait, moins pour jouer que par désœuvrement. Elle a essayé de l'en empêcher, de lui apprendre les bonnes manières, il oubliait. Il m'a fait tomber brusquement, pas exprès, il n'était pas méchant, un geste maladroit. Je me suis entendu craquer, violent, j'ai su que je me cassais en plusieurs endroits. Elle a essayé de me sauver avec un taille-crayon, mais j'étais fini. Elle m'a lancé dans la corbeille, moi qu'elle avait acquis pour trois fois son prix pour cause de pandémie, moi qui aurait pu servir un Michel Ange et n'ai connu de la vie que des déclarations de dérogations et les gribouillages informes d'un gamin sans talent.

Je suis mort.

Elle a dit au petit qu'elle lui achèterait un autre Caran d'Ache 4B, tout neuf.

Crucifix ou la Plume de l'ange

Je ne risque pas d'oublier les Pâques du premier an Covid ! C'était en 2020. Tout était interdit. Rassemblements, prières, veillées, messes, Résurrection. Et, puisque c'était la guerre, couvre-feu à dix heures décrété par le gouvernement.

Il y a trois générations, dans cette ville presque italienne, pas besoin de Covid, le Vendredi Saint, était plus que confiné : pas un magasin ouvert, pas un café, un restaurant, un boulanger.

Dans un coin, une très vieille grand-mère, tirée d'un placard, expliquait aux enfants que le Vendredi saint, les cloches se taisent pendant les trois jours de l'ensevelissement du Christ. Jusqu'à Pâques, elles ne sonnaient plus, elles étaient parties à Rome. Ce qu'elles allaient faire à Rome, les petits, qui n'en savaient rien, écarquillaient les yeux. La grand-mère expliquait qu'elles allaient se faire bénir et, au retour, elles sonneraient à la volée en apportant des œufs en chocolat. Les enfants, en suçant leur pouce, les yeux de plus en plus écarquillés, ne retenaient que les chocolats. Il fallait les occuper, ces petits, parce que pendant la Semaine sainte, les maisons entraient en effervescence, on préparait les plus belles étoffes, les dessus-de-lit en mousseline, en dentelle, brodés au tambour, incrustés de perles et de fils dorés, les nappes de damas et tout précieux tissu. Le jour de Pâques, ces merveilles dont personne aujourd'hui ne veut plus chez soi tellement elles exigent d'entretien, jetées en travers des fenêtres, ornaient les façades le long du chemin de la procession. C'était à qui exposait les plus belles. Peut-être elle a été un de ces enfants qui écoutaient l'histoire des cloches parce que je l'ai entendue la raconter à son tour.

*

Le Vendredi saint de l'an Covid 2020, elle laisse cramer le café, la casserole calcinée jusqu'à l'os, l'odeur de brûlé empeste la maison. Elle boit de l'eau et mange du pain mouillé de vinaigrette avec un avocat amer. Donc, un mauvais vendredi, normal, le jour où le Christ mourut. Dans cette ville, au sommet, il y a une basilique, une église, un Campanin. La rampe Saint-Michel, qui conduit au parvis, est pavée de galets qui forment des dessins, tous différents. Sur les côtés, des échafaudages couverts de plastique opaque blanc, semblent de grands linceuls flottants. Pour arrêter la pandémie, personne n'a plus le droit de travailler, sur les chantiers non plus, les échafaudages vont rester déserts, jusqu'à quand ? Les mêmes housses de plastique claquent aussi sur le parvis désert, celui du Festival de Musique le plus ancien de France, qui cet été, sera probablement, comme les autres, annulé. Le Campanin, c'est le clocher de la basilique dédiée à l'Archange, au fond, sur la droite, bâtie à la perpendiculaire, l'église que les Pénitents Blancs (les Noirs sont au bas des escaliers côté ville) se partagent avec la Madone puisqu'elle porte les deux noms. L'ensemble, pur baroque italien planté sur la colline au-dessus de la mer, regarde l'Italie qui fait une courbe pour former une sorte de lac ouvert sur le large. Avec encore le goût de l'avocat pas mûr dans la bouche, elle est venue, sans la dérogation de déplacement obligatoire et sans masque. Elle est là. Elle essaie les trois portes. Fermées. Basilique cadenassée, elle lit deux panonceaux posés sur des tréteaux. Ils annoncent les heures des visites et des messes comme si des flots de touristes, aux heures de visites, et de croyants, aux heures des messes, allaient se bousculer pour entrer. Difficile pourtant d'imaginer qu'après-demain, ici, sera célébrée une messe de Pâques. Mais c'est écrit. Deux fois. Plantée entre les deux panneaux, elle ne bougeait plus. Elle regardait autour d'elle et ne comprenait pas ce vide, ce désert.

On n'a jamais vu ça. L'Église, d'habitude, est en première ligne face à la mort, elle l'a été dans toutes les pandémies qui ont décimé le monde, sinon *quid* de la Résurrection ? Et le Campanin ? Et les cloches, elles feront quoi pour Pâques ? Les cloches vont carillonner à toute volée. Dans le fond de nos cœurs. Au fond du mien, de cœur, je ne trouve rien. Il doit être vide. Je cherche encore. Rien. Il n'y a rien. Je tourne comme une toupie sur ce parvis où les fidèles depuis des millénaires se retrouvent à la sortie de Pâques et où, l'été, depuis soixante-quinze ans, ont résonné tant de musiques, se sont produits tant d'orchestres, de musiciens, de chanteurs. Le parvis, cette année menacé de silence et de mort, semble pétrifié. (On le sait maintenant, le Festival a eu lieu, pas la messe de Pâques). Comme si les annonces étaient en braille, elle a posé les doigts sur une des affichettes.

Alors, un homme est apparu en haut de la rampe, sans groin ni lui ni elle (tous les deux ignorant l'obligation des masques), le bleu des yeux perçant un visage doré. Il a dit qu'il ne fallait pas se fier à l'affiche, qu'il n'y aurait pas de célébration.

Elle n'a pas compris tout de suite qu'à la distance d'où il lui parlait, il était impossible qu'elle entende. Or, elle avait entendu. Il a souri et il s'est effacé faisant vers elle un signe, comme un ange qui bénirait.

De retour à la maison, le soir de ce vendredi où personne n'avait le droit de se rassembler, chacun rivé à sa solitude, un ténor qu'elle aime a mis en ligne *Crucifix* pour ceux qu'il sait malheureux, lui qui doit l'être plus encore puisqu'il est bâillonné. C'est un quatrain des *Contemplations* de Victor Hugo, écrit en mars 1842 au pied d'un crucifix, mis en musique par Jean-Baptiste Faure. Pour être consolé, elle assure qu'il faut écouter ce chant, par cette voix qu'elle trouve la plus belle du monde, ce qu'elle a fait avec un résultat immédiat : elle s'est effondrée en larmes.

*

Samedi, le jour où le Christ fut mort, temps couvert. Le soir, je monte au parvis pour la veillée. Pas de veillée. Les toits de la ville sans couleur fondent dans le brouillard, et au loin, la mer roule des vagues de bitume. Tout est désert, vide, abandonné. Dans sa niche, l'ange pétrifié, la lance figée avant de transpercer Satan, semble une statue de sel. La maison en face, dont les habitants sortent des chaises sur le balcon les soirs de Festival – et il n'est pas de meilleure place : premier rang, premier balcon – les volets clos. J'ai fui.

Je suis revenue à l'heure de Marie-Madeleine. À travers une ville désespérée, j'ai grimpé jusqu'à l'Archange par la rampe arrière. J'imaginais que les gens finiraient par venir, qu'il y aurait des fidèles pour se rassembler. Personne. Pas un cri d'enfant, un pigeon nostalgique boitille sur les galets.

Les plastiques blancs n'ont pas la force de claquer.

Le paysage est mort.

Par l'échancrure entre les maisons, la mer s'étale, inanimée jusqu'à l'Italie.

C'est le matin d'une Résurrection morte.

*

Elle a marché autour du parvis, toutes les fenêtres qui donnent au-dessus, claquemurées, elle a continué, elle a fait trois fois le tour. En une heure, elle a résumé les trois jours. Je l'ai compris quand elle a cessé de tourner pour s'agenouiller au pied des marches, se prosterner, se cognant le front contre les galets qui forment le pavement comme si elle voulait s'y enfoncer.

Les galets me rentraient dans les genoux.

Je ne suis relevée, les joues trempées. J'ai fait trois fois le tour en proclamant : « Le Christ est ressuscité ! » D'abord, je l'ai dit dans ma tête, puis murmuré, enfin crié, hurlé, qu'au moins la maison du Festival ouvre entrouvre les paupières. Rien. Rien. Rien. Elle dormait. Je hurlais la Résurrection toute seule. Et puis, comme la veille, j'ai fui le parvis mort, traversé une ville morte, hurlant à m'arracher le gosier dans des rues fermées, claquemurées, cadenassées, hurlant, criant la Résurrection de toutes mes forces, les cordes en feu jusqu'à ne plus pouvoir. Alors, la voix cassée, n'étant plus qu'un informe chuchotis, je suis allée vers la mer, les galets me tordaient les chevilles, près des vagues, l'horizon avait disparu, gris fondu dans le gris.

J'ai avancé encore et ma voix éraillée d'avoir trop hurlé, mais menaçante, j'entends encore ces accents qui s'arrachaient de mon gosier en feu, j'ai crié à la mer : « Je te marche dessus ! » Raté. Je me suis enfoncée

Le comble est qu'elle n'est pas bonne chrétienne.

*

J'ai ouvert les yeux sur la plage. J'étais trempée. Au-dedans de moi, mes os glacés s'entrechoquaient. J'ai frissonné, toussé, craché la mer, et c'était difficile. J'allais retomber pour mourir de froid, paisible, lorsqu'une brise tiède est venue réchauffer l'air glacé. J'ai ouvert les yeux. Il y avait une plume dans le creux de ma main.

Paris,
Les Terres Chaudes,
Vérone,
Hambourg,
Paris

Ouvrage réalisé par Les 3TStudiO
Achevé d'imprimer en janvier 2022
par Typolibris
pour le compte des
Éditions Michel de Maule
à Paris